KB140352

'
이 책에는,
젊은 청춘들이 궁금해 하는 문제들에 대한
나의 답변을 담았습니다.
오랜 세월을 살아온 나의 경험을 바탕으로 쓴 이 답변이
여러분의 앞날을 살아가는 등대 역할이
되어 주길 바랍니다.
감사합니다.

김 동 길

雲南吉

'

청춘이여, 주저하지 말라

청춘이여, 주저하지 말라

김동길 지음

 청미디어
CHEONG MEDIA

험난한 바다를 항해하는 젊은이들을 위해

많은 사람이 이 세상에 왔다가 그냥 갈 수는 없다고 생각합니다. 뭔가를 남겨야 한다는 것이 보통 사람들의 확고한 신념인 것 같습니다. 아들·딸 중에서 아들은 대를 잇고 조상의 성(姓)을 이어가지만 딸은 시집가면 남의 집의 아들·딸을 낳아주는 것이 고작이라고 생각하여 딸보다 아들을 반기는 부모가 아직도 많습니다.

가끔 내가 인용하는 우리 속담에 "호랑이는 죽어서 가죽을 남기고 사람은 죽어서 이름을 남긴다"라는 말이 있습니다. 하지만 따지고 보면 "호랑이도, 사람도 남기고 갈 것은 없다"라는 결론에 이릅니다. 호랑이 가죽을 깔고 앉아서 그 가죽이 어디 살다 언제 죽은 어떤 호랑이의 가죽인지 아는 사람은 없고, 오늘 살아 있는 사람 중에서 아무리 유명한 사람일 지라도 1000년 뒤에 그 이름이 역사책에 기록돼 있을 사람은 몇 사람 안 될 겁니다.

일찍이 영국 시인 존 키츠John Keats, 1795~1821는 자기의 묘비를 이렇게 적었습니다.

"자기 이름을 물 위에 적은 사람 여기 누워 있다."
"Here lies one whose name was writ in water."

그는 결핵이라는 당시의 무서운 병에 걸려 항상 죽음의 공포에 사로잡혀 살았습니다. 그 때문에 사랑했던 여인 파니 브라운Fanny Brown과 결혼도 못하고 26년의 짧은 삶을 마감했지요. 하지만 그가 남긴 시 한 줄은 젊은 날의 나를 감동시켰고, 오늘도 나와 함께 살아 있습니다.

"아름다운 것은 참된 것, 참된 것이 아름답다."
"Beauty is truth, truth beauty."

이 한 마디는 93년을 살아온 내 인생의 좌우명이었습니다. 그는 물 위에 자기 이름을 적어놓고 젊은 나이에 세상을 떠났지만 그가 남긴 이 한 줄의 시는 오늘도 나와 함께 살아 있습니다. 키이츠는 죽지 않았습니다. 앞으로도 오래오래 고민하는 젊은 혼을 지도해 줄 것입니다.

나는 키이츠만큼의 능력은 없습니다. 하지만 인생의 험난한 바다를 항해하며 아픔을 겪고 있는 오늘의 젊은 여러분을 위해 나도 무언가를 남기고자 합니다. 남기고자 하는 것은 나의 이름이 아닙니다. 여러분이 방황과 갈등에서 벗어나 보다 가치 있는 삶을 살도록 돕고자 여러분에게 삶의 지표를 제시하는 것입니다.

이 책에는 젊은 여러분이 궁금해 하는 문제들에 대한 나 나름의 답변을 담았습니다. 때로는 나의 답변이 여러분의 질문에 충실한, 즉문즉답이 되지 못할 수도 있습니다. 현명한 질문에 대한 우둔한 답변으로 여겨질 수도 있을 것입니다. 또 여러분을 가르치거나 내 방식을 강요하는 것은 아닙니다. 그저 100년 가까이 살아온 내가 그동안 느낀 바를 바탕으로 쓴 이 답변들이 여러분이 앞날을 살아가는 데 등대 역할을 해주기 바랄 뿐입니다. 감사합니다.

2020년 7월
김동길

part.2
진실된 삶을 사는 방법

part.3
세상을 살아가는 지혜

꽃을 아름답지 않다고 말할 사람은 없습니다. 언제 어디서 보아도 꽃은 아름다우며 피었다 지는 꽃을 볼 때 사람은 남다른 감회를 가지게 마련 입니다. 그 꽃이 다음 해에 다시 핀다고 하여도 내년에 피는 그 꽃이 오늘 내가 보고 즐기는 이 꽃과 같을 수 없는 것이기 때문에 그 이별도 슬픈 것이라 하겠습니다.

PART 1.

소중한 것을
통찰하는 시선

세상에서 가장 아름다운 것은 무엇일까요 ?

'아름답다'라는 말은 상대적인 것이라고들 합니다.
사랑에 빠지면 자신의 연인이 가장 아름답게 보인다고도 합니다.
그렇다면 '아름다움'의 절대적인 개념은 없는 것인가요?
만일 절대적인 아름다움이 있다면
세상에서 가장 아름다운 것은 무엇일까요?

꽃을 아름답지 않다고 말할 사람은 없습니다. 언제 어디
서 보아도 꽃은 아름다우며 피었다 지는 꽃을 볼 때 사람은
남다른 감회를 가지게 마련입니다. 그 꽃이 다음 해에 다시
핀다고 하여도 내년에 피는 그 꽃이 오늘 내가 보고 즐기는
이 꽃과 같을 수 없는 것이기 때문에 그 이별도 슬픈 것이라
하겠습니다.

꽃만이 아름다운 것은 아닙니다. 이른 아침에 솟아오르는
해, 저녁 때 서산에 넘어가는 해도 꽃 못지않게 아름답습니
다. 산도, 들도, 강도, 그리고 바다도 우리에게 매우 아름답

다는 느낌을 자주 선사하곤 합니다. 또 강아지나 고양이를 쓰다듬어주는 동물 애호가들의 눈에는 동물이 가장 아름답게 보인다고 합니다.

그러나 나는 오랜 세월을 살면서 사람이 가장 아름다운 피조물이라는 생각을 합니다. 외모를 매일 아침 정성스럽게 가꾸는 사람들도, 스치고 지나갈 때 향긋한 냄새를 풍기는 교양 있는 사람들도 아름답습니다. 미스 코리아에 당선되어 왕관을 쓰는 젊은 여성들도 아름답습니다. 하지만 사람의 진정한 아름다움은 외모에 있지 않다는 사실을 점차 깨닫게 됩니다. 오랜 인생살이에서 얻은 하나의 지혜라고 할 수 있겠습니다.

외모도 몸가짐도 끊임없이 가꾸어야 타고난 아름다움이 빛이 납니다. 그러나 내가 강조하는 아름다움은 그 사람의 마음가짐에 있다고 믿습니다. 자기에게 좀 손해가 나더라도 거짓말을 안 하는 사람, 누가 뭐라고 해도 의리를 지키려고 노력하는 사람, 더 나아가 어떤 행태로든지 남을 돕고 싶어 하는 겸손한 사람이 남녀를 막론하고 가장 아름다운 사람입니다. 진·선·미가 따로 나누어져 있는 덕목이 아닙니다.

일찍이 영국 시인 키츠가 말 한대로 "아름다운 것은 참된 것, 참된 것이 아름다운 것"임이 틀림이 없다는 사실을 나도 깨달았습니다.

일본에는 '하나요리 당고'라는 속담이 있습니다. 우리말로는 '꽃보다 떡'이라고 해야 옳겠지요. 흔히 쓰이지는 않는 말입니다. '당고'는 동글동글하게 빚은 달콤한 떡을 몇 개 꼬챙이에 꽂은 일종의 간식입니다.

마르크스나 엥겔스, 레닌이나 모택동의 철학도 알아듣기 쉽게 요약하면 '꽃보다 떡'이라고 할 수 있습니다. 굶주린 사람에게 장미꽃 한 송이를 보내지 말고 주먹밥 한 덩어리를 보내라고 하는, 그 말이 결코 틀린 말은 아닙니다. 오늘 80세가 넘은 노인들은 일제 말기를 살았고 6·25전쟁을 겪으면서 배고픈 세상을 살아보았기 때문에 '하나요리 당고'라는 말이 실감납니다.

그러나 인생을 오래 살다 보면 '꽃보다 아름다운 것이 사람이다'라는 사실을 깨닫고 스스로 만족스러워 혼자 웃습니다. 밉상이라고 생각했던 사람의 얼굴에 순진한 미소가 떠오를 때 꽃보다 아름다운 것이 인간이 아닐까 생각하게 됩니다.

이 세상에는 더럽고 지저분하고 고약한 일이 하도 많아서 인생과 세상을 아름답다고 보기 어렵지만, 존 러스킨John Ruskin의 가르침대로, 시궁창 밑에 깔린 오물들을 보지 말고 그 물 위에 흘러가는 흰 구름을 볼 수만 있으면 시궁창이 더 럽다고만 여겨지지는 않습니다.

나는 90세가 되기까지 오래 살며 사람들에게 시달리면서 사람을 미워하기도 했지만, 90의 언덕에서, 어떤 인간, 어떤 인생도 사랑으로 대하면 꽃보다 아름답다고 느끼게 되었습니다.

사람이 나이가 들면 할 수 없는 일이 많아집니다. 나이 든 내가 설악산 대청봉에 오르는 일은 불가능합니다. 500m밖에 안 된다는 우리 동네의 안산에 오르는 것도 어렵습니다.

6·25전쟁 중에는 나도 젊은 사람이었기 때문에 제2국민병에 소집되어 하루에 70리를 걷는 일도 가능했습니다. 그러나 80세를 넘기면서부터는 먼 길을 걸어서 가지 못합니다. 팔과 다리의 힘도 많이 빠져서 먼 길을 가지 못하는 것뿐 아니라 무거운 짐을 들 수도 없습니다. 언제나 조심하는 일 가운데 하나는 넘어지지 않도록 노력하는 것입니다. 넘어져서 신체의 어느 부분이 부러지면 뒷감당하기가 매우 어려워집니다.

늙어서 할 수 없는 일이 많지만 할 수 있는 일이 한 가지 있습니다. 그것은 이웃을 사랑하는 일입니다. 노인의 사랑은 뜨겁지도, 요란하지도 않지만 꾸준합니다. 그리고 솔직한 고백이지만 노인은 사랑밖에 할 일이 없습니다. 그런데 이웃을 사랑하기 위해서도 돈은 좀 있어야 하기 때문에 젊었을 적에는 많이는 아니라도 조금은 돈을 벌어두어야 합니다. 나이 들어 사랑하는 사람들을 위하여 그 돈을 쓸 수 있어야 합니다.

인간의 노년이 아름답고 보람될 수 있는 것은 바로 이 사랑 덕분입니다. 젊어서는 사랑이 오해의 원인이 될 수도 있지만 노인의 사랑에는 의심의 여지가 전혀 없습니다. 늙을수록 순수한 사랑이 가능하기 때문에 내가 앞으로 살아야 하는 날들에 있어서 가장 아름다운 몸짓은 사랑뿐이라고 믿습니다.

쉴러라는 독일의 시인이 "짧은 봄이 나에게 다만 눈물을 주었다"라고 탄식한 적이 있습니다. 피어나는 꽃들을 보며 크게 감동했던 것이 바로 어제의 일이었는데, 이제 그 꽃들이 다 떨어지고 벌써 무더운 여름이 우리를 기다리고 있는 듯합니다.

중국의 시인 유정지는 "해마다 피는 꽃은 비슷하건만, 사람은 해마다 달라지는구나"라며 꽃과 사람을 비교해 보았습니다. 그러나 사람이 꽃보다 아름다울 수도 있습니다. 그것은 억지 소리라고 반대 의견을 가진 사람들도 있는 줄 압니다. 인간의 추악한 말과 행동에 넌더리가 난 사람이 많다는 사실도 잘 알고 있습니다.

그러나 매우 피곤에 치진 한 노인이 고단한 다리를 이끌고 만원인 전철에 올랐다고 합시다. 그 피곤한 노인을 보고 어떤 젊은이가 벌떡 일어나 "여기 앉으시지요"라며 자리를 양보했을 때 그 자리에 앉은 노인의 마음은 얼마나 감격스럽겠습니까?

'요즘 세상에 이런 사람도 있구나'라는 생각에 피곤함이 일시에 풀리는 듯한 느낌이 들것입니다. 천국이 그리 먼 곳에 있는 것이 아니고 자리를 양보하는 젊은이의 마음에, 감격스러운 마음으로 그 자리에 앉은 고단한 노인의 마음에 있는 것이 아닐까 생각해 봅니다.

안중근이나 윤봉길처럼 나라를 위하여 그 자신의 목숨을 버리는 큰 사랑에도 감격하지만, 해가 떠야 병원에 갈 수 있었던 시절에, 갑자기 열이 나는 아이를 품에 안고 더디 오는 새벽을 기다리는 어머니의 옆모습에서 천사의 모습을 볼 수 있습니다. 그러기에 사람이 꽃보다 더 아름다운 것이라고 절실하게 느끼게 됩니다. 인류에게는 아직도 사랑의 위력이 존재하고 있기 때문에 희망이 있다고 나는 믿습니다.

해마다 찾아오는 계절에는 어떤 의미가 있나요 ❓

사계절이 뚜렷한 우리나라에서는 서너 달에 한 번씩 계절이 바뀝니다.
그러나 그 바뀌는 계절은 해마다 똑같습니다.
해마다 똑같은 봄이 오고 해마다 똑같은 여름과 가을,
그리고 겨울이 옵니다.
그런데도 어른들은 그 계절이 다 다르고 모두 의미가 있다고 합니다.
해마다 찾아오는 계절에는, 특히 봄에는 어떤 의미가 있나요?

작자 미상의 이런 시조가 한 수 있습니다.

간밤에 불던 바람 만정도화 다 지졌다
아해는 비를 들어 쓸으려 하는구나
낙환들 꽃이 아니랴 쓸어 무삼하리오

기다리던 봄이 왔음을 우리로 하여금 확인케 하는 꽃잎이
떨어지고 있습니다. 바람이 불어서 떨어지는 꽃잎도 있지만
열흘 동안 피어있기가 힘에 겨워 떨어지는 꽃잎들도 있습니
다. 인생의 이치가 그러하듯이 꽃은 피었다 지는 것이 당연

하다고 해야겠지만 옛날 시인은 땅에 떨어진 꽃잎도 즐길 수 있을 때까지는 즐겨 보자는 마음으로 그 꽃잎들을 쓸어버리지 말라고 당부하고 있는 듯합니다.

그 시인의 마음을 이해 못하는 바는 아니지만 아름다운 꽃잎이 땅에 떨어져 사람들의 발에 밟히는 것이 보기도 민망하고, 꽃의 종류에 따라 다르기는 하지만 땅에 떨어지자마자 꺼멓게 멍이 드는 꽃잎들도 있으니 꽃잎을 쓸어버리는 일을 잘못이라고 말릴 수도 없는 노릇입니다. 꽃이 지는 것을 보며 26세에 세상을 떠난 영국 시인 존 키츠의 생각이 떠오릅니다.

눈물짓지 마! 눈물짓지 마!
Shed no tear! O Shed no tear!
꽃은 새해에 다시 피려니
The Flower will bloom another year.

땅에 떨어지는 꽃잎을 보며 위로를 받을 길이 없는 것이 인생입니다. 그러나 그토록 짧은 한평생을 살고 간 이 시인은 우리가 생각도 못하는 사실을 하나 일러줌으로써 우리에게 희망의 씨앗을 심어주었습니다. 피어나는 꽃이 우리에게 주는 감격은 잠깐이고, 떨어지는 꽃잎이 우리의 가슴에 남기는 상처는 큽니다. 그러나 우리도 키츠와 함께 내년 봄이 있을 것과 내년 봄에 그 꽃이 다시 필 것을 믿으면서 위로를 받아야만 이 어려운 인생의 한때를 이겨낼 수 있을 것 같습니다.

팔 다리의 힘이 왕성하던 옛날에 나는 전 세계를 누비며 여행을 많이 하였습니다. 사하라 사막에도 가 보았고 동남아의 오지도 방문하였으며 나이아가라, 빅토리아, 그리고 이구아수 폭포의 힘찬 물줄기도 즐겨 보았습니다.

우리나라는 꽁꽁 얼어붙은 겨울이었는데 미국 L.A의 고속도로변에는 여러 종류의 꽃이 만발해 있던 사실도 기억납니다. 북극이 가까운 나라들에서는 겨울철이 되면 햇볕이 별로 보이지 않아서 생존 자체가 고통일 것이라는 생각이 들었습니다. 그쪽에 사는 사람들은 겨울철에 하도 답답하게 느껴져서 위스키를 많이 마신다는 말도 들었습니다.

나는 사계절이 뚜렷하게 구별되는 한국 땅에 태어난 사실을 매우 다행스럽게 생각합니다. 엄동설한에도 실내 온도가 섭씨 25도쯤 되는 방에서 셔츠 바람으로 지내는 사람에게는 봄을 기다릴 자격이 없습니다. 옛날에, 출근하는 남편의 아침밥을 지어주기 위해 부엌에 있는 언 물을 깨서 쌀을 씻어야 했던 아낙네에게는 봄을 기다릴 자격이 있다고 여겨집니다.

요즈음처럼 개명한 시대에는 동지섣달에도 난초를 볼 수 있고 장미꽃을 즐길 수 있지만, 봄이 와야 산에나 들에 핀 진달래, 개나리꽃을 볼 수 있었던 그런 세월에 살았던 오늘의 많은 한국 노인들은 옛날을 생각하면 만감이 교차합니다.

가난한 사람들만 봄을 기다리는 것이 아닙니다. 계절의 여왕이 봄이라고 믿는 사람이 많습니다. 기후 변화가 심각하다고 하지만 아직 한국의 사계절은 뚜렷하게 다릅니다. 봄을 기다릴 수 있다는 것은 한국인의 특권이라고 하겠습니다. 두고 보세요. 각 방면에 세계적 지도자가 이 땅에서 많이 나타나리라고 믿는 것은 봄을 기다릴 줄 아는 사람들이 바로 그 사람들이기 때문입니다. 봄을 기다린다는 말은 지도자를 고대한다는 말과 다름없습니다.

나도 봄을 기다립니다.

옛날 선비들이 소나무와 대나무를 사랑했다는 사실은 모르는 사람이 없습니다. 죽음에 직면하여 "백설이 만건곤할 제 독야청청 하리라"라고 한 마디 남긴 성삼문은 "봉래산 제일봉에 낙락장송 되었다가"라는 말을 전제하였으니 소나무처럼 살다 가는 것이 사육신의 꿈이었던 것 같습니다.

하늘을 향해 곧게 뻗어 올라가는 대나무를 보며 선비들은 지조와 절개를 다짐하였을 것입니다. 그러나 그것만이 선비들 생활의 전부가 아니었습니다. 선비들이 눈 속에 피는 매화를 사랑했다는 것은 주지의 사실이지만 그들이 갖가지 꽃이 피는 봄을 사랑했음을 알 수 있습니다. '백화만발百花滿發'이라는 한 마디를 만들어 낸 사람들도 선비들이었습니다. 인생에 있어 꽃을 사랑하는 것처럼 아름다운 일이 어디 또 있겠습니까?

산과 들에 진달래가 피기 시작하는 화려한 계절이 매년 다가옵니다. 양지바른 곳에 개나리가 피기 시작하면 한 해의 봄은 절정을 향해 달려가게 됩니다.

일본 교토에는 '철학의 길'이라고 불리는 길이 있습니다. 교토대학의 니시다 기타로라는 철학교수가 철학을 하며 걸어 다녀서 붙은 이름입니다. 일본인들이 그토록 사랑하는 그 길 옆 개울에 벚꽃이 만발했다가 꽃잎이 떨어져 흘러가는 모습을 보면 철학을 모르는 사람들도 철학을 생각하게 된다고 합니다.

요즈음은 대부분의 사람이 아파트 생활을 하기 때문에 고작 몇 개의 화분에 심은 꽃을 보고 봄을 즐길 수밖에 없습니다. 그러나 작은 마당이라도 있는 집에 살면서 가지각색의 꽃을 심고 가꾸며 즐기려는 현대의 선비들도 있습니다. 꽃을 사랑하는 마음은 자연을 사랑하고 인생을 사랑하는 마음이라고 여겨집니다.

나는 2~3일이 지나면 시들어버리는 꽃다발을 선물로 받을 때 늘 괴롭습니다. 나는 작은 화분 하나라도 여러 날 가까이 두고 물도 주고 가꾸면서 오래 볼 수 있는 화분의 꽃을 더 사랑합니다.

인생이 꽃처럼 아름답기를 바라는 마음으로 이 글 한 편을 계절의 여왕, 봄에게 바칩니다.

세상에서 가장 소중한 것은 무엇인가요

사람들은 가치에 대해 많은 이야기를 합니다.
그러나 대부분 "무엇무엇은 가치가 없다"라는 이야기만 합니다.
예를 들어 "학벌이 다는 아니다", "돈이 다는 아니다"라는 식으로
우리에게 중요한 것으로 보여지는 것의 가치를 많은 사람이 부정합니다.
과연 그렇다면 우리 삶에서 진정으로 소중하고
우리가 목표로 삼아야 할 중요한 가치는 무엇인가요?

金과 은을 비교하면 금이 월등하게 비싸다는 사실을 모르는 사람이 없습니다.

"돈이면 다 된다"라는 말을 '황금만능'이라는 말로 대신하기도 합니다. 금값이 올라가고 내려가고 하는 것이 때로는 어떤 지역의 경제 지표가 되기도 합니다. 그래서 황금에 눈이 어두운 사람이 많은가 봅니다.

보석에는 루비니 가넷이니 많은 종류가 있지만 뭐니 뭐니 해도 보석의 여왕은 다이아몬드입니다. 세계에서 가장 크고, 가장 품질이 좋은 다이아몬드는 영국 왕실이 보유하고 있다고 하지만, 한때 미국 영화배우 엘리자베스 테일러의 목에도

엄청 비싼 다이아몬드 목걸이가 매달려 있었다고 합니다. 그러나 파티에 걸고 나가는 목걸이는 가짜이고 진짜는 위험해서 안방 금고에 감추어 두고 다녔다는 말도 있었습니다.

그러나 나이를 먹을 만큼 먹어 본 나는, 인생에 있어서 가장 소중한 것은 금도 아니고, 은도 아니고, 다이아몬드도 아니라는 사실을 알고 있습니다. 세기의 미인 테일러가 죽은 후 그가 가지고 있던 보석들은 경매에 부쳐져 이미 오래 전에 다른 사람들의 손에 넘어갔고 그로 인해 얻은 막대한 금액의 돈도 본인은 단 한 푼도 써 보지 못했습니다.

중상주의 시대에는 금은보화를 가장 많이 차지하고 있는 나라가 강대국이었기 때문에 그 시대에는 에스파냐야말로 단연 세계의 최강국이었습니다. 지금은 영토가 넓은 나라들이 세계를 지배하고 있는 양상이 되었지만 이제는 땅이 아니라 정보가 오히려 강대국의 기준이 되고 있다고 들었습니다.

세상은 이렇게 자꾸 변합니다. 소유의 상황도 자꾸 변합니다. 그러나 변함이 없는 것이 있습니다. 그것이 가장 소중한 가치를 가진 것이겠지요. 이 세상에서 누가 가장 행복한 사람이라고 생각하십니까? 비록 가진 것은 그다지 없어도 사랑하고 사랑받으면서 마음의 평화를 누리는 것에 만족하는 그 사람이 가장 행복한 사람이라고 나는 믿습니다.

힘이 센 사람을 강자라고 하고 힘이 없는 사람을 약자라고 합니다. 힘이라고 하면 우선 완력을 생각하게 됩니다. 쌀 한 가마니를 번쩍 드는 사람이 있는 반면에, 힘이 부족하여 들어볼 생각도 못 하는 자도 많습니다. 강자와 약자 사이에 싸움이 벌어지면 대개 강자가 승리하고 약자는 패하여 강자의 노예로 전락하게 됩니다.

'힘'이 세상을 움직이는 것이지만 그 힘을 잘못 쓰면 여러 사람이 불행하게 됩니다. 권력도 힘이고 금력도 힘입니다. 대통령의 자리를 탐내는 사람이 많은 까닭은 대통령의 힘이 막강하다는 것을 알기 때문입니다. 정주영이나 이병철처럼 기업가가 되기를 바라는 사람이 많은 까닭도 비슷합니다. 돈이 있으면 힘이 생깁니다. "아는 것이 힘이다"라고 가르친 프랜시스 베이컨Francis Bacon, 1561~1626은 '현대 과학의 아버지'라는 존칭을 지니고 있습니다. '지식Knowledge'이나 '지성Intelligence'이 이 시대에는 권력과 돈 못지않은 '힘Power'을 지니고 있습니다.

인간의 정신력도 힘입니다. 돈이나 권력이나 지식만 힘이 아니라 '정신의 힘Spiritual power'이야말로 돈과 권력과 지식을 능가하는 막강한 힘입니다. 성경 속 예수는, "너희가 세상에서는 환난을 당하나 담대하라. 내가 세상을 이기었노라"라고 하였습니다. 그 말씀은 우리에게 큰 힘이 됩니다. 이 진리만 깨달으면 약자가 강자를 무색하게 만듭니다. 1961년에 출간된 영어 성경에는 "승리는 내 것이다.Victory is mine."이라고 번역되어 있습니다. 환난을 당해도 담대하게 만들 수 있는 것은 '사랑Love'입니다. 사랑으로 세상을 대하면 승리는 나에게 오도록 되어 있습니다. '사랑'이 이 세상의 어떤 힘보다도 강하다는 사실을 입증하기 위하여 나는 오늘도 이렇게 살아 있습니다. 허락하신다면 내일도 이렇게 살아 있으렵니다.

  창조주의 존재를 시인하지 않는 교만한 사람들도 있습니다. 하지만 자기 자신이나 지구상에 있는 모든 것이 진화의 과정은 겪었을망정 모두 피조물이라는 사실 때문에 조물주의 존재를 시인하게 마련입니다.

  성경의 '창세기' 기록을 보면 창조는 6일 만에 끝이 났고 6일 동안 조물주가 만든 최후의 작품이 호모사피엔스Homo Sapiens, 즉 인간입니다. 그러므로 인간을 '최후'의 또는 '최선'의 작품(End Product)으로 보는 것은 당연한 판단이라고 생각합니다. 옛날부터 사람을 일컬어 '만물의 영장靈長'이라고 하는 것도 이런 까닭에서입니다.

  이는 다른 어떤 피조물보다도 인간이 존중돼야 한다는 뜻이기도 합니다. 미개한 사회에는 노예도 있었고 노비도 있었습니다. 아직도 사회 수준이 뒤떨어진 나라들에서는 젊은 여성들이 성性 노예로 팔리기도 합니다.

사람은 스스로 번식을 조절할 줄 알아야 사람답다고 할 수 있습니다. 먹여 살릴 수도 없는 많은 식구를 거느리는 것은 죄악입니다. 그러나 일단 태어난 인간의 생명은 다른 무엇보다도 소중합니다. 아프리카에서 무책임한 부모 때문에 태어난 생명들도 다 소중합니다.

사람 외의 동물 애호도 마땅하고 아름다운 일입니다. 그러나 아무리 다른 동물이 소중해도 사람보다 더 소중할 수는 없습니다. 다른 동물을 살리기 위해 사람을 죽여서는 안 됩니다. 개나 고양이를 살리기 위해 사람에게 희생을 강요할 수는 없습니다. 언제나 사람을 살리는 일이 우선돼야 합니다.

세상에서 사람의 생명만큼 소중한 것은 없기 때문입니다.

행복의 조건은 무엇인가요 ?

"행복은 성적순이 아니다"라는 영화 제목이 있습니다.
이처럼 "무엇은 행복의 요건이 아니다"라는 말은 많습니다.
그런데 행복의 요건에 대해 말해주는 사람은 별로 없습니다.
행복해지기 위해서는 무엇을 따라가야 하는 걸까요?

사람은 누구나 행복하기를 바랍니다. 아마존 유역에 사는 원시인들이나 런던의 시가지를 활보하는 신사들이나 행복하기를 바라는 마음은 한결같다고 하겠습니다. 무엇을 갖추어야 행복할 수 있는가? 동양인도 '의·식·주' 문제의 해결이 가장 중요하다고 생각하지만, 서양인은 그 중에서도 옷보다 먹을 것을 앞세운다고 합니다.

어쨌건, 옷을 입고 음식을 먹으며 자고 일어 날 집이 있어야 사람은 행복할 수 있을 겁니다. '의·식·주' 문제의 해결은 지역에 따라, 문화적 수준에 따라 다를 수 있지만 옷과 음식과 집의 필요성은 누구나가 동의할 수밖에 없는 행복의 조건들입니다.

그렇다면 '의·식·주' 문제는 상당한 수준에서 해결되었다고 믿어지는 서유럽이나 북미 합중국에는 불행한 사람이 없어야 그 논리가 맞을 것입니다. 그런데 오히려 그런 선진국에 불행을 호소하는 사람이나 정신적 질환에 시달리는 사람이 많다는 것은 무엇을 우리에게 일러주고 있는 겁니까? 사람의 행복을 위해 필수적인 것의 순위가 '의·식·주' 문제의 해결이라고 믿는다면, 그보다 앞서 꼭 필요한 가치가 따로 있다는 것을 명심해야 합니다.

진부하게 들릴지 모르겠습니다. 하지만 돈보다 앞서 사랑이 있어야 돈도 제 구실을 할 수 있습니다. 물질만을 가지고 행복의 나라를 만들어 보려고 애써도 그 꿈은 실현될 수 없습니다. 아담과 이브의 행복을 위해 반드시 있어야 할 것은 두 사람이 서로 사랑하는 일입니다. 사랑이 없이는 낮은 수준의 행복도 차지할 수 없을 겁니다.

한 집안의 평화는 남편과 아내, 부모와 자식이 서로 화목한 데 있습니다. 화목은 상대방이 누구이건 자기보다 낮게 여겨야만 얻을 수 있습니다. 가족이 모두 저 잘난 맛에 살면 그 집안에 화목이 있을 리 없고 행복 또한 있을 리 없습니다. 그런 가정을 불행한 가정이라고 합니다.

이웃이 서로 화목하게 사는 비법도 그런 데 있다고 믿습니다. 좋은 이웃이란 만나면 먼저 인사하고 상대방을 공손하게 대하는 사람들입니다. 요새 대부분의 사람이 아파트에서 생활하는데 바로 옆집에 살아도 서로 사귀지 않고, 5년 또는 10년 동안 인사도 나누지 않고 비인간적인 삶을 영위하고 있는 사람도 많습니다.

　학교에 다니는 사람도, 회사에 다니는 사람도 하루하루 사는 일이 즐겁지 않은 겁니다. 비록 매일같이 만나는 사람들이지만 피차 전혀 관심이 없기 때문에 이웃이라고 부르기도 어렵습니다.

　"이웃 사랑하기를 네 몸과 같이 하라"라는 성경의 가르침이 있지만 이웃이 없기 때문에 이웃을 사랑할 수도 없습니다. 옛날 서양의 속담에 "좋은 친구를 얻는 길은 자신이 좋은 친구가 되어 주는 것이다"라는 말이 있는데 매우 지당한 교훈입니다.

　'사회의 비인간화'라는 어려운 말이 있습니다. 왜 사회가 그토록 냉정하게 되어가는 것입니까? 원인은 매우 간단합니다. 사랑이 없기 때문입니다. 사람과 사람 사이에는 반드시 사랑이 있어야 하는데 현대 사회의 최대의 약점은 그저 밥만 먹고 사랑 없기 살아가는 것입니다. 내 눈에는, 더러 일어나는 천재지변도 서로 사랑하라는 하늘의 경고가 아닐까 여겨집니다. 하지만 현대인은 무슨 일을 당해도 사랑의 소중함을 깨닫지 못합니다. 그렇다면 문명도, 문화도 우리의 행복에는 전혀 기여하는 바가 없다고 할 수밖에 없습니다.

사람마다 오래 살기를 바라기는 하지만 인생이 살기 어렵다는 것을 모르는 사람은 없습니다.

이 세상에 오고 싶어서 온 사람은 단 한 사람도 없습니다. 그러므로 자기 뜻 하나만으로 인생을 제대로 살 수 있다고 믿는 것은 잘못입니다. 일단 태어나고 보니 낳아주신 부모님이 계십니다. 우리가 태어나기 이전에 이미 태어난 형도 있고 누나도 있습니다. 우리가 태어난 뒤에 이 세상에 왔으면 동생이 되는 것인데 이렇게 해서 엮어진 가족 또는 가정의 인간관계를 떠나서 나 홀로의 행복이라는 것은 존재할 수 없습니다.

문명한 나라들은 사회보장제도가 있어서 국가가 운영하는 기관에서 베푸는 도움으로 연명하는 사람이 점점 많아지는데 그것도 정상은 아닌 듯합니다. 사회나 국가가 개인 생활에 하도 큰 영향을 미치니까 가족이나 가정은 아무런 책임도 느끼지 않게 되기 때문입니다. 물질적으로 풍부한 나라 중에도 국민의 행복지수는 매우 낮은 경우가 있습니다. 그래서

개개인의 삶에서 가장 큰 힘을 발휘하는 것이 국가 권력이어
서는 안 되는 것입니다.

궁극적으로 우리가 찾는 것은 행복입니다. 그런데 완전무
결한 사회를 건설하는 일에 성공했다 하여도 개개인의 삶에
있어 행복이 매우 멀리 있다면 그런 인생을 살 필요가 뭔가
하는 의심이 생기게 마련입니다.

우리는 정상과 비정상의 한계가 애매모호한 시대에 살고
있는 것 같습니다. 아무리 완벽한 제도가 있어도 사람마다
꼭 필요로 하는 사랑이 없으면 인간은 행복할 수 없습니다.
인생이 괴로운 바다이기는 하지만 마음먹기에 따라서는 지
옥 아닌 낙원이 될 수 있다는 사실을 우리는 의심하지 않습
니다.

누구나가 행복을 바란다고 합니다. 누구나가 행복을 찾
는다고 합니다. 미국의 '독립선언서1776'에는 분명히 "사람
은 누구나 평등하게 지음을 받았다.All men are created equal."
라고 적혀 있습니다. 또 인간은 누구나 조물주로부터 남에
게 양도할 수 없는 기본적 권리를 받아가지고 태어나는 것인
데 그중에는 '생명Life과 자유Liberty 그리고 행복의 추구pursuit of
Happiness'가 있다고 명시돼 있습니다.

그런 미국이 독립을 쟁취하고 아직 250년도 채 되지 않았

는데 경제적으로, 군사적으로 세계 최강의 대국大國이 되었습니다. 그동안 냉전冷戰으로 소련을 이겼고 오늘은 중국에 밀리지 않기 위해 일본의 등을 쓰다듬어 주며, 한국이 중국의 편에 설 것 같아서 견제하는 것 같이 보이기도 합니다.

내가 아는 미국은 결코 행복한 사람들의 행복한 나라는 아닌 것 같습니다. 물론 행복한 사람들의 수가 우리나라보다 많을 것 같긴 합니다. 하지만 불행한 사람도 우리보다 훨씬 많을 겁니다. 우리나라보다 총기 구입이 수월한 나라이어서 그런지 모르겠으나 '묻지 마 살인'이 우리보다 몇 배나 더 많은 나라가 오늘의 미국입니다. 대학에만 총 들고 찾아가 총질을 하는 것이 아니라 중고등학교는 물론 초등학교나 유치원에까지 침입하여 무차별 난사를 하니 그런 면에서 미국은 우리보다 더 치안이 허술한 나라입니다. 한국의 이민자들도 짐을 꾸려 '고요한 아침의 나라'로 돌아오는 경향이 있다고도 합니다.

'생명'과 '자유'가 보장되는 나라가 좋은 나라라는 사실은 의심의 여지가 없습니다. 그러나 '행복의 추구'는 각자의 인생관, 가치관, 철학에 좌우되는 것 아닙니까? 좋은 옷을 입고 좋은 음식을 먹으며 좋은 집에 사는 사람이 다 행복하다고 할 수는 없습니다. 오히려 가난해서 셋집에 살면서 허름한 옷을 입고 보리밥에 김치만 먹고 살아도, 효성이 지극하여 부모를 모시고, 막노동을 하여 몇 푼 벌어서 근근이 살아가는 어떤 정직한 효자의 집안이 백만장자의 호호주택의 호화스런 삶보다 행복한 삶이 아닐까요?

노자老子의 삼보三寶를 한 번 되새겨 봅니다.

우선 근검절약[儉]하게 살면서,
이웃을 사랑하고[慈]
감히 남보다 앞서려고 하지 말라[不敢爲天下先]

행복은 평범한 일상생활에서 먼저 찾아야 합니다.

내가 매우 행복했던 순간은 언제였는가? 물론 크게 감동한 날은 1945년 8월 15일, 나의 조국이 35년의 긴 세월 일제의 종노릇 하다가 해방이 되었다는 소식이 전해진 바로 그 날이었습니다. 그때 내 나이는 열여덟이었고, 앞으로 '조선'은 어디로 갈 것인가 불안한 느낌도 없지는 않았습니다.

그 외에 지금도 기억하는 나 개인의 가장 행복했던 시간은 1941년 이른 봄, 내가 중학교 입학 시험에 합격했다고 발표가 있었던 바로 그 날이었습니다. 그 중학교는 평양 만수대에 자리 잡고 있었는데 그 시절에는 합격자의 명단이 나무판에 수험번호로만 게시되었습니다. 학교 직원은 날이 채 밝기 전에 그 나무판을 들고 나와 교정에 세워놓았습니다.

내 아버지는 아직 40대셨고 어머님은 30대셨습니다. 이화여전에 다니던 누님도, 서울서 쇼와공과昭和工科를 마치고 토목 기술자가 된 나의 형도 그 자리에 함께 있었습니다. 나의 수험번호는 886, 아마도 200명 모집에 1,000명은 지원을 했던 것 같습니다.

한지에 적힌 내 번호를 식구들이 다 찾아보고 기쁨의 환호성이 새벽 공기를 흔들고 터졌습니다. 우리가 다 함께 만수대를 넘어 기림리에 있던 집으로 돌아오던 때 아침 해가 찬란하게 우리 가족을 비춰 주었습니다. 나는 앞으로 큰일을 할 수 있을 것 같은 공연한 꿈에 가슴이 부풀어 있었습니다.

그 아침이 낮이 되고 또 밤이 되기를 수없이 되풀이하면서 76년의 긴 세월이 흘러, 내 나이는 이제 90이 되었습니다. 세월처럼 무서운 건 없다는 말을 되풀이할 수밖에 없습니다. 이젠 아버지도 가시고 어머니도 가시고 누님도, 형님도 다 가시고 여동생 둘과 함께 내가 남았습니다. 돌이켜 보면, 아버지·어머니가 젊었을 때가 아들·딸에게 있어서는 가장 행복한 시절이라 여겨집니다. 그래서 나는 그 날 아침을 잊지 못합니다.

젊은이들은 어떤 꿈을 꿔야 하나요?

젊은이들은 큰 꿈을 지녀야 한다고 합니다.
젊은이가 꿈이 없는 것은 생명이 없는 것이고
꿈을 가지는 것은 젊은이만의 특권이라고도 합니다.
그런데 대체 젊은이들은 어떤 꿈을 꿔야 하는 걸까요?

"젊은이여, 꿈을 가져라"라는 말을 나이 든 사람들이 젊은 사람들에게 자주 합니다. 꿈은 사람이 살아가는 데 활력소가 될 수 있기 때문입니다. 비록 오늘은 신세가 처량하더라도 끊임없이 노력해서 성공하면 보다 나은 내일을 만들 수 있다고 믿기 때문에 우리는 꿈을 가지라고 후배들에게 권면합니다.

꿈이 전혀 없이 산다는 것은 생각만 해도 답답하기 짝이 없습니다. 하지만 현실에 뿌리를 내리지 못하는 허망한 꿈은 그나마 간직했던 우리의 조그마한 행복을 망칠 수도 있습니다. 재담가로 알려졌던 영국의 문인 사무엘 존슨이 이런 말을 던진 적이 있습니다.

"감상주의로는 안 된다."
"Sentimental Nonsense!"

나는 이 짧은 한 마디를 수없이 되뇌이며 이날까지 살아왔습니다. 무쇠로 만든 솥은 뜨거워지기까지 시간이 많이 걸리지만 식는 데도 시간이 오래 걸립니다. 그래서 밥이 오랫동안 따끈따끈하게 그 솥에서 남아 있을 수 있지요. 그러나 냄비에서 끓이는 음식은 빨리 바글바글 끓지만 식는 데도 시간이 별로 많이 걸리지 않습니다.

옛날 금연운동이 한창이었던 시절에 시골에 다니면서 금연 강연을 하는 이들이 있었습니다. 그들의 말에 의하면 성미가 급한 많은 젊은이가 강연이 끝나자마자 그 자리에서 가지고 있던 담배를 꺼내 당장 꺾어버리는 일이 종종 있었답니다. 그러나 노인들은 금연이 마땅하다는 생각을 하면서도 담뱃대는 꺾지 않더라는 것입니다. 그런데 성급하게 담배를 꺾어버렸던 많은 젊은이는 담배를 끊고 2~3일은 버티다가 그 이상 금연을 하지 못하고 장터에 가서 몰래 다시 담배를 사더라는 것입니다.

그런 일이 우리 주변에 비일비재합니다. 그런 걸 볼 때마다 "Sentimental nonsense!"라는 말이 내 입에서 절로 튀어 나옵니다.

나도 젊어서는 꿈을 가지고 살았습니다. 대학에 다닐 때 영국의 캠브리지와 옥스퍼드 대학을 소개하는 책자를 보고 나는 한국에서 대학을 마치고 캠브리지 대학에 유학하고 싶 다는 생각이 간절하였습니다. 그러나 대학을 졸업하기도 전 에 6·25전쟁이 터져서 피란을 가야 했고 정상적으로 공부를 할 수 없는 형편이 되었습니다. 그래서 영국에 유학을 간다 는 것은 엄두도 내지 못했습니다. 다만 피란 시절 부산에서 대학을 졸업하고 어느 여학교에 영어 교사가 되어 분주한 나 날을 보냈을 뿐입니다.

그후 대학으로 자리를 옮길 수 있었지만 공부는 제대로 하 지 못하고 세월만 흘려보냈습니다. 그러다 미국 중서부에 있 는 어느 조그만 대학에서 장학금을 받아 그 대학에 유학 가 는 것이 고작이었고 미국의 대학원에서 공부하여 석사, 박사 학위를 받기는 했지만 캠브리지 대학으로의 유학의 꿈은 이 래저래 무산되고 말았습니다.

나는, 많은 젊은이가 젊어서 공통적으로 지니고 사는 꿈 하나는 애당초 가져보지도 않았습니다. 그것은 마음에 드는 아름다운 여성을 만나 결혼하고 아들·딸 낳고 단란한 가정을 꾸며보자는 꿈이었습니다. 나는 결혼이나 가정이 한 인간에게 큰 구속이 될 것이라는 생각 때문에 결혼할 수 있는 기회가 생겨도 돌아서서 내 길을 가기로 했습니다. 나는 나의 자유를 위해서는 어떤 희생이라도 할 용의가 있었습니다. 하지만 나의 자유를 포기하면서까지 결혼을 할 수는 없다는 생각에 가정적 행복을 외면하고 이날까지 살아왔습니다. 60세가 넘었을 때 어떤 재벌이 자기가 도와줄 터이니 결혼하고 가정을 이루라고 권면했을 때도 나는 내가 정신이 온전한 동안은 그렇게 할 수 없다고 사양했습니다.

나는 그렇게 해서 얻은 자유를 지금까지 지키면서 살다가 오늘은 무기력한 한 노인이 된 것 같습니다. 하지만 끝까지 자유를 지키며 살겠다는 생각에는 아무런 변함이 없습니다. 나의 청춘의 꿈은 다 사라졌지만 나는 아직도 자유라는 꿈을 안고 이렇게 석양에 홀로 서 있습니다.

그대는 간밤에 무슨 꿈을 꾸었는가 – 그것이 문제입니다. 아무 꿈도 없이 나날을 맞이한다면 은근히 걱정입니다. 꿈이 없는 개인, 꿈이 없는 겨레에게 우리가 무엇을 기대할 수 있겠습니까? '개꿈'이라는 말이 많이 나돕니다. '개꿈'은 아무런 가치도 없는 꿈이어서 눈 뜨면 다 잊어버리게 마련입니다.

미국의 위인 마틴 루터 킹 목사는 에이브러햄 링컨의 큰 좌상이 있는 그 기념관 가까이에 우뚝 서서, "나에게는 꿈이 있다.I have a dream."라고 외쳤습니다. 그는 그 말을 몇 번 되풀이하면서 전 세계를 향해 자기에게 꿈이 있음을 분명히 하였고 그의 꿈이 이루어진 것도 사실입니다.

그는 그 꿈 덕분에 노벨평화상을 받았을 뿐 아니라 미국이 낳은 세계적 위인 5인 중 한 사람이 되었습니다. 그는 워싱턴, 제퍼슨, 프랭클린, 링컨과 함께 영웅의 반열에 올랐습니다. 그는 미국 땅에 흑인으로 태어났지만 그의 꿈은 흑인 오바마를 미국의 대통령으로 만들었습니다.

대통령은 세종대왕처럼 될 것을 꿈꾸세요. 군인은 이순신을, 학자는 퇴계를, 종교인은 원효를 꿈꾸고 따라가세요. 대한민국이 다시 살아나려면 국민 각자가 그런 꿈을 가지고 하루를 맞이해야 합니다. 천 년의 꿈을 안고 오늘 하루를 살면 됩니다.

미국에서 남북전쟁이 일어나던 1861년 예일 대학의 2학년에 재학 중이던 러셀 콘웰Russel H. Conwell은 정통적인 뉴 잉글랜드 가문에 태어난 준수한 청년이었습니다. 그는 국가의 부름을 받아 링컨 군대에 자원 입대하여 전쟁의 이모저모를 생생하게 기록하여 국민에게 알려주었습니다. 이 일을 누구보다도 잘 감당하여, 제대하고 나서는 뉴욕 트리뷴New York Tribune과 보스톤 트레블러Boston Traveler의 기자가 되어 세계를 무대로 큰 활약을 하였습니다.

그는 터키의 안내자를 앞세우고 중동 지역을 여행하다가 그 사람으로부터 뜻밖의 이야기를 들었습니다. 이 이야기는 콘웰의 일생뿐 아니라 미국 역사에도 적지 않은 영향을 미치게 되었습니다. 그 이야기의 줄거리는 대략 이렇습니다. 페르시아의 부농이던 알리 하페드Ali Hafed는 한 불교 승려에게서 굉장한 다이아몬드가 묻혀 있는 곳에 대해 이야기를 들었습니다. 그는 자기의 기름진 농토를 버리고 그 '보물의 밭'을 찾아 이곳저곳을 헤맸습니다. 그러다 알리는 지칠 대로 지쳤을 뿐 아니라 젊음과 재산을 다 잃고 무일푼이 되어 고향 땅으로 되돌아왔습니다. 그는 늙고 병들어 초라한 신세가 되어 세상을 떠났습니다. 그런데 알리가 찾아 평생 동안 헤매며 재산을 탕진한 그 '다이아몬드밭'은 바로 알리의 뒷마당에 있었답니다. 보물을 자기 집 뒤뜰에 묻어두고 이 어리석은 사나이는 방방곡곡을 찾아 헤매었으니 진실로 가슴을 칠 한심하고 어리석은 한평생이었습니다.

그 이야기를 가슴 깊이 간직한 콘웰은 미국에 돌아와 보스턴에서 변호사 개업을 했습니다. 그리고 그는 어려운 처지에 놓인 사람들을 돕는 일에 발 벗고 나섰습니다. '다이아몬드 밭Acres of Diamonds'이라는 그의 강연은 전국적으로 유명해져 그는 생전에 같은 제목으로 6,000번 이상의 강연을 하였고 700만 달러의 교육 기금을 마련할 수 있었습니다.

그가 일곱 명의 학생을 모아 라틴어 교육을 위해 시작한 강습소는 자라고 또 자라서 필라델피아의 템플 대학교Temple university가 되었는데 50년 전에 이미 재학생 수가 2만3천 명이나 되고 교직원 수도 1,000명이 넘었습니다.

꿈의 열매를 멀리서 찾으려 하지 말고 가까운 곳에서 찾으세요. 성공의 비결은 바로 그런 것입니다.

절망과 마주할 때는 어떻게 해야 하나요 ❓

청춘은 번민과 갈등의 시기라고 합니다.
어른들은 젊은이들이 겪는 아픔에 대해 "다 지나고 나면
아무것도 아님을 알게 될 것이다"라고 말하곤 합니다.
하지만 젊은이들을 지금 당장 아프고
그 아픔이 깊은 절망에 이르게 합니다.
어른이 되어보지도 못하고 극단적인 결말을 맞는 청년들도 있습니다.
죽음에 이르게 하는 그 처절한 절망이 눈앞에 다가왔을 때
어떻게 해야 그것에서 벗어날 수 있을까요?

젊은 사람들은 내일에 대한 막연하나마 어떤 기대감을 가집니다. 그 덕분에 하루가 지루하다고 느끼는 일은 없을 겁니다. 그러나 늙은이들은 내일이 오늘과 별로 다르지 않을 것으로 내다보기 때문에 흥분도 감동도 느끼지 못합니다. 그런 철학 아닌 철학을 허버트 조지 웰스Herbert George Wells, 1866~1946는 'Everydayism'이라고 표현하였습니다. "그날이 그 날이지 별 수 있겠냐"라는 일종의 염세주의로 풀이할 수 있습니다.

일이 뜻대로 되지 않을 때에는 어떤 생각을 하는 것이 바람직할까요? 대개는 남을 원망하게 마련입니다. "저놈 때문

에!"라며 책임을 전가하고 일시적인 위안을 받습니다. 이런 사람은 잠시의 위안이 지나가면 더 큰 괴로움에 시달리게 됩니다. 처음부터 "내 탓이오"라고 자백하면 오히려 맘이 편할 터인데 그렇게 '자폭'이라도 하려면 마음이 어지간히 깊고 넓어야 할 것입니다.

실패나 실망이 있을 때 남을 원망하는 것도, 자기를 책망하는 것도 인간의 마땅한 도리가 아니라고 나는 못을 박았습니다. 그럼 나에게는 무슨 대안이 있을까요? 한 가지 비결만 말씀드리겠습니다. 그런 일이 벌어졌을 때, 그런 믿지 못할 일이 생겼을 때 '있을 수 없는 일'이라고 생각하면 더 괴로워질 것이 뻔합니다. 그럴 때, "그럴 수도 있다"라고 생각하면 됩니다. 그런 습관을 길러야 합니다. 그것이 고통을 치유해주는 만고불변의 진리입니다. 그럴 수 있으니까 그런 일이 생겼을 것 아닙니까?

"살기가 지겹다"라는 말은 감방에 앉아 있는 무기수無期囚만이 할 수 있는 말입니다. 그러나 그 사람도 언젠가는 사면이 가능하다는 사실을 믿을 수 있다면 절망은 금물입니다. 당신이 누구이든, 용감하게 사세요. 기죽지 말고 사세요. 하늘을 보세요. 심호흡을 하면서 하늘을 보세요. 거기서 들려오는 무슨 목소리가 있을 겁니다. 사람은 밥만 먹으면 살 수 있는 그런 동물이 아니기 때문에 마음만 바로 가지면 어떤 역경도 이겨낼 수 있습니다. 살기가 지겹다는 말은 제발 하지 마세요!

세계 도처에 테러가 창궐하여 뜻하지 않았던 참사들이 곳곳에서 벌어지고 있습니다. 런던다리에서 괴한의 칼에 맞아 목숨을 잃은 아들, 딸의 부모는 그 상처를 가슴에 묻고 남은 인생을 살아갈 수 있겠습니까. 영국 맨체스터에서 또는 미국 올랜도에서 우상처럼 여기던 가수의 공연을 보려고 극장에 갔다가 폭도들에 의해 목숨을 잃은 아들, 딸의 부모가 남은 생을 어떻게 살아갈 수 있을까 생각하면 가슴만 두근거리고 할 말을 찾지 못하겠습니다.

사람 사는 세상에는 악마들이 천사의 숫자보다 더 많다고 느껴지는 때가 있습니다. 어떻게 태어났기에, 무엇을 먹고 자랐기에 사람의 탈을 쓰고 저렇게 잔인무도하게 굴 수 있을까 생각하고 세상이 너무 악하고 어지럽다는 생각도 하게 됩니다.

그래도 사람 사는 세상에는 계절을 따라 꽃도 피고 과일의 열매가 주렁주렁 매달리기도 합니다. 이 소란한 세상에서 겨우 한 평밖에 안 되는 땅을 가꾸어 화원을 만들고 꽃을 심어 남들에게 나눠주는 선량한 사람들도 있습니다.

일본 사람들이 "사람을 보면 우선 도둑으로 알라"라는 너절한 말을 하여 누구도 일본인의 품격을 높이 평가하지 않습니다. 그러나 그것이 인간의 현실은 아닙니다. 어린애의 웃음은 천사의 웃음이고 의로운 사람의 죽음은 금강석보다 더 고귀하다고 느껴집니다. 우리는 절망하지 말고 살아야 합니다.

옛날 〈신약성서〉를 우리말로 옮긴 선배들은 '희망'을 '소망'이라 하였습니다. 그래서 요새 기도하는 사람들이 "희망합니다"라고 하지 않고 "소망합니다"라고 하는 경우가 많아졌습니다. '소망'이라고 하건 '희망'이라고 하건 영어로 하자면 'hope'입니다. 인간의 희망이 인간의 꿈이기도 합니다. '꿈'이라고 해도 틀린 말은 아닙니다. 오늘은 없지만 내일에는 가능하다고 믿고 사람은 내일에 기대를 걸고 삽니다.

만일 사람에게 내일이 없다고 하면 사람은 무엇을 바라보고 생존을 이어갈 것입니까? 오늘 이루지 못한 꿈이 내일이면 이루어질 것이라는 희망 없이는 사람은 하루도 살 수 없습니다. 키에르케고르의 말대로, "죽음에 이르는 병은 절망입니다". 절망하면 자살밖에는 대안이 없습니다.

그런데 절망을 이기는 묘약이 꼭 한 가지 있습니다. 정신과 의사도 처방전에 그 약명을 적지 못하고 약국의 약사도 그 약이 있다고 들은 적이 있겠지만 약국에는 그 약이 없습니다. 인삼과 녹용보다도 더 비싸다고 할 수도 있지만 쉽게 구할 수도 있는 약입니다.

그 묘약의 이름은 '사랑'입니다. 식수나 공기처럼 값이 없을 뿐 아니라 돈 주고 살 수도 없습니다. 그대는 지금 절망 상태입니까? 한강에 달려가 몸을 던지고 싶습니까? 나를 한 번 찾아오세요. 내게 그 약이 있습니다. 체면을 문제 삼지 말고 한 번 연락을 주세요.

내 여동생의 외동딸 지순이가 올해 여고를 졸업하고 대학에 들어갔습니다. 이 모녀는 우리 동네에 있는 조그마한 교회에 다니면서 건강하게 열심히 살았습니다. 말도 잘 듣고 공부도 잘 하던 지순이는 좋은 대학에 들어갔습니다. 컴퓨터 앞에 앉은 그의 순진하고 아름다운 얼굴을 바라보면서 내 가슴 속에는 하염없이 기쁨의 눈물이 흘렀습니다. 슬퍼서가 아니라 기뻐서 나는 울었습니다.

오늘 새벽에 눈을 뜨고 자리에 누운 채 이 일 저 일 생각하니 내 눈에는 속절없이 눈물이 흘렀습니다. 감사의 눈물이었습니다. 나의 인생길은 머지않아 끝이 나겠지만, 그리고 이 세상에는 천재지변뿐 아니라 탐욕, 질투, 불신, 배신, 중상, 모략, 폭행, 난동 그리고 질병과 사망이 여전히 기승을 부리겠지만, 들을 귀만 있으면 곳곳에 아름다운 음악은 있고, 보는 눈만 있으면 아름다운 경치 또한 주변에 얼마든지 있습니다.

우리가 가장 경계해야 할 것은 절망입니다.

"절망이 죽음에 이르는 병"이라고, 고독했던 한 철학자가 우리에게 일러 주었습니다.

절망이라는 병에 걸리면 안 됩니다.

인생은 아름다우니까요.

서양의 작곡가들이 기라성 같이 빛을 발하지만 그중에 음악가 한 사람을 고르라고 하면 나는 베토벤Beethoven, 1770~1827을 선택하겠습니다. 그를 선택하는 까닭은 그가 작곡한 음악을 내가 잘 알기 때문이라기보다는 다른 음악가들을 잘 모르기 때문입니다. 일제 시대에 초등학교 교과서에 베토벤에 관한 이야기가 실려 있었습니다. 어떤 앞 못 보는 소녀를 위해 짧은 곡을 하나 만들었는데 그것이 '엘리제를 위하여'라는 소품(小品)이라고 기억하고 있습니다.

그가 오선지를 끼고 들판에 산책가는 모습을 어떤 화가가 그려놓은 것이 있는데 그 그림을 보고도 많이 감동하였습니다. 그는 산책을 하다가도 악상이 떠오르면 그 오선지에 음

표를 꼭 적어놓았다고 합니다. 천재의 활동 양식은 우리 평범한 사람들과는 다르다는 느낌이 듭니다. 50세에 이미 귀가 잘 안 들려 그런 핸디캡을 가지고 작곡하고 지휘해야 했던 그의 고민이 얼마나 큰 것이었을까 상상해보기도 합니다. 그러므로 그의 57년의 고난에 찬 삶이 오히려 우리에겐 큰 희망과 격려가 되는 것도 사실입니다.

그가 작곡한, 유명한 아홉 개의 심포니는 인류 전체를 향한 그의 힘찬 메시지라고 여겨집니다. 그의 교향곡 9번을 들으면서 어떤 역경에 처해도 우리는 낙심할 수 없다는 용기를 갖게 됩니다. 그의 아픔이 우리에게 위로가 된 것입니다.

남의 평가가 정말 중요한가요 ?

무언가 남으로부터 인정을 받는 것은 기분 좋은 일입니다.
반대의 경우에는 화가 나기도 하고 사기가 떨어지기도 하지요.
하지만 생각해보면 나 자신이 중요하지
남의 평가가 우선인 것은 아닙니다.
젊을 때는 남의 눈과 평가에 유난히 더 예민한 것 같습니다.
남의 평가나 이목이 정말 중요할까요?

남이 나를 알아주기를 바라는 마음은 오래 전부터 있었을
겁니다. 그런데 사회가 발전을 거듭하면서 생존 못지않게 중
요한 과제가 남의 '인정recognition'을 받는 일이 되었습니다. 한
자리했다가 밀려난 사람들의 고통은 예전에 잘 알던 사람들
이 모르는 척하는 것이라고 들었습니다. 높은 자리에 있을
때에는 찾아오는 사람도 많았지만 늙고 병들면 아무도 찾아
오지 않는 것이 사회에서 밀려난 노인의 고충이라 하겠습니
다.

옛날 글에도 "선비는 자기를 알아주는 사람을 위하여 목숨

을 바친다"라는 말이 있습니다. 그 옛날에도 지도급 인사인 선비들은 그들이 모시는 지체 높은 사람들이 자기를 알아주기 바랐다는 사실은 의심의 여지가 없습니다. 오늘처럼 복잡다단한 사회가 되어 민주적인 시대를 산다고 하지만 모든 사람이 다 평등할 수는 없는 일이기 때문에 생존의 문제를 해결한 사람들 중에도 남들의 인정을 받기 위한 경쟁이 매우 심각해진 것 같습니다.

우선 가정에서 부모가 훌륭하다는 사실을 자녀들이 마땅히 알아주어야 하고 아빠나 엄마가 아이들에게 야단만 치지 말고 장점을 찾아서 칭찬해 줄 수 있어야 아이들의 자존심이 상하지 않고 떳떳하게 살아갈 수 있습니다.

이탈리아 출신의 유명한 가수 카루소는 어떤 유명한 성악 교수에게 가서 오디션을 치렀는데 그 교수가 "그런 목소리를 가지고는 성악가가 될 수 없으니 집에 돌아가서 농사나 지어라"라고 하여 울며 집으로 돌아갔다고 합니다. 그러나 그의 어머니가 "선생이 그 한 사람만이 아니다. 다른 선생에게 가보자"라는 말로 아들을 격려하여 나폴리에 사는 유명한 성악 교수에게 가게 되었고 그 교수는 카루소의 재능을 알아보고 당장 제자로 삼았다고 합니다. 그는 후에 20세기 초 전 세계를 휩쓸었던 최고의 테너가 되었습니다.

친구들 사이에도, 이웃과의 사이에도, 서로 인정해 주는 운동이 벌어졌으면 좋겠습니다. 남을 헐뜯기 앞서 남을 칭찬할 줄 아는 미덕이 반드시 필요하다고 생각합니다.

사람이 사람을 만나면 우선 얼굴을 대하게 됩니다. 몸짓으로 감정을 표출할 수도 있지만 대개는 얼굴 표정으로 남들에게 자기의 느낌을 전하게 됩니다. 말이나 글은 둘째나 셋째 순서가 될 것이고 인간 감정의 표출은 뭐니 뭐니 해도 얼굴의 표정으로 나타나게 마련입니다.

누구나 그 사람의 얼굴을 대하면 마음에 평화가 생기고 희망이 솟아나는 경우가 있는 반면에 어떤 얼굴을 대하면 힘이 들고 괴로운 경우가 있습니다. 모든 사람이 다 싫어하는 얼굴은 교만한 표정의 얼굴입니다. 아무리 유능하고 대단한 업적을 이룬 사람이라 할지라도 그 사람의 얼굴이 교만하게 보이면 그의 삶은 실패로 끝날 수밖에 없습니다.

한국 사람 치고 한 자리 한 처지에서 교만하지 않은 사람을 찾아보기 어렵습니다. 한 자리 하기 전에는 양순하던 얼굴의 주인공이 한 자리하고 나서 돌변하여 사나운 얼굴의 주인공이 되는 것은 슬픈 일입니다. 사람이 왜 그렇게밖에 안 되는 것일까 생각할 때 인생 자체가 비관스럽기도 합니다.

어제나 오늘이나, 돈이 없을 때나 돈이 있을 때나, 낮은 자리에 있을 때나 높은 자리에 있을 때나, 한결같은 표정을 가지고 사는 사람은 모두 수양의 수준이 높은 사람들입니다. 따라서 얼굴 표정의 관리는 교양 있는 모든 사람의 의무라고 할 수가 있고, 표정 관리는 하나의 예술이라고도 할 수 있겠습니다.

영어에는 "Less is more"라는 역설적인 말이 있습니다. "적은 게 오히려 많은 것이다"라고 하면 이치에 어긋난 말이라고 따질 사람이 많겠지만 인생을 살다보면 그것이 맞는 말이고 깊이 있는 말이라고 느끼게 됩니다.

일본에는 '하라 하찌부腹八分'라는 격언이 있습니다. 배가 부르도록 먹으면 오히려 괴로운 것이니 8까지만 채우고 2는 비워두라는 권면인데, 틀린 말은 아닙니다. 적게 먹어서 배탈 나는 사람은 없고 대개는 너무 먹어서 탈이 나는 것이 사실 아닙니까?

그림이나 글씨에 여백을 두는 까닭이 무엇입니까? 화폭을 다 채워 여백이 없으면 오히려 답답하게 느껴지기 때문입니다. 너무 큰 집에 살면 집 주인은 오히려 작아 보입니다. 하기야 그리스의 철학자인 디오게네스Diogenes는 술통에 들어가 살았다고 하지 않던가요? 알렉산더 대왕이 그를 찾아와서 "저에게 무슨 부탁이 없습니까?"라고 물었더니 이 철학자는 "좀 비켜주오. 당신이 햇볕을 가리고 있어요"라고 하였답니다. 그 통 속에서 나오지도 않은 채!

나는 'IMF 한파'가 몰아치던 그 옛날 내가 사는 집 마당에 누님을 생각하여 〈김옥길 기념관〉이라는 작은 건물을 하나 세웠습니다. 30평 지하에 예배실을 마련하고 예배도 보고 전시회도 하고, 아주 작은 결혼식도 하게 하였지요. 그런데 전시회나 예배 등 다른 집회는 자주 있었지만 그동안 '작은 결혼식'은 세 번밖에 없었습니다.

하객 50명이 앉을 자리는 다 돼 있습니다. 100만 원만 있으면 됩니다. 집 가까이 샌드위치 가게가 있어서 주문하면 가져다주고 피로연은 기념관에 붙은 테라스에서 하면 됩니다. 기념관 사용료는 없습니다. 주례에게 사례도 필요 없습니다. 신혼여행 가서 쓸 돈이나 조금 마련하면 됩니다. 없으면 내가 보태주리다.

"작은 결혼식을 원하는 자들아, 다 내게로 오라. 내가 너희로 하여금 백만 원만 있으면 끝내주는 아름다운 결혼식을 하게 하리라."

큰 호텔 컨벤션에서 생화 값만도 몇 천만 원, 식사값 일인당 10여만 원을 합하면 몇 억이 든다는 그런 호화판 결혼식을 하는 사람들은 대개 남의 이목을 생각해서 그렇게 돈을 쓴다고 합니다. 그런 결혼식에 하객으로 참석해보면 알 수 있습니다. 그만한 돈을 들일 가치가 있는 일인지요. 남의 이목보다는 나의 존재가 더 중요합니다. 이미 누구나 잘 알고 있는 일인데 실천은 왜 그리 어려울까요?

돈보다 더 소중한 것은 무엇일까요 ❓

물론 그렇지 않다는 것은 다 알고 있지만 살다보면
돈이면 뭐든 다 이룰 수 있다고 여겨집니다.
그래서 이 세상에서 돈의 힘이 가장 크고
돈이 가장 소중한 것이라 생각됩니다.
이게 사실이 아니라면 돈보다 소중한 것은 무엇인가요?
그것은 어떤 힘을 발휘할 수 있나요?

지구의 역사 50억 년, 인류의 역사 200만 년에 비하면 평균하여 80년을 산다는 인간의 일생은 매우 짧다고 할 수 있습니다. 50억 년에 비하면 80년은 전혀 상대가 안 됩니다. 그래서 "인생은 하루살이에 지나지 않는다"라는 말이 생겼을 것입니다.

지극히 짧은 시간 지구에 살다 가야 하는 인간이 무엇 때문에 초조하게 살다 초라하게 떠나야 합니까? 자연의 이치를 따라 순리대로 살다 가면 될 것을 어쩌자고 이치에 어긋나는 일만 골라서 합니까? '무리'는 '비리'와 통하고 '비리'는 모든 '부정'과 '부패'의 원인입니다.

죽지 않으려는 인간의 허무한 노력, 무가치한 수고는 무리한 욕심임을 곧 알게 됩니다. 그 다음으로 많은 사람이 자신의 끝없는 행복의 성을 구축하기 위해 꼭 필요하고 믿고 있는 '돈'이라는 괴물입니다. 이 괴물에게 한번 홀리면 인격자라고 남들이 믿었던 사람도 걸레처럼 여겨져 버림받게 됩니다.

이 세상에서 부끄럽지 않은 생활을 할 수 있기 위하여 '돈'이 필요하다는 사실은 누구나 시인하지만 '황금의 노예'가 되면 사람 구실을 하기는 어렵습니다. '황금만능주의'가 자본주의의 몰락을 초래할 수밖에 없습니다. 우주를 여러 달 둘러보며 정밀사진기로 촬영한 우주항공사가 이런 말을 했습니다.

"우주의 어느 천체보다도 지구가 가장 사람 살기 좋은 곳이니 우리가 희망을 가지고 지구를 바로잡자."

욕심으로 시작하는 것이 전쟁이라면 희망은 없습니다.

자본주의 사회에 사는 많은 사람의 꿈이 큰돈 벌고 유명한 사람이 되는 것입니다. 미국만 그런 게 아니고 한국도 그렇습니다. 돈을 많이 벌면 유명한 사람이 될 수밖에 없습니다. 어딜 가도 사람들이 다 알아보기 때문에 그런 사람들은 우쭐한 기분으로 살 수가 있습니다.

운동선수로, 가수로, 탤런트로 유명해지면, 돈을 많이 벌수 있기 때문에 운동이나 예체능계에도 돈이 많고 유명한 사람들이 나타날 수 있습니다. 그 전까지는 별 볼 일 없고 힘을 쓸 수도 없는 처지에 있던 사람이 선거를 통해 일약 대권을 장악하면 돈도 맘대로 쓸 수 있고 사람도 마음대로 부려먹을 수 있습니다. 그런 특권을 누리고자 대권을 노리는 사람도 있을 겁니다.

그러나 돈을 많이 번 사람이, 그 많은 돈을 죽는 날까지 간직하기는 어렵습니다. 일제 시대부터 갑부로 소문났던 박흥식 씨도 말년에는 그 사업을 이어받은 아들이 실패하여 50년 동안이나 살던 가회동의 큰집도 처분하고 전셋집에 살다가 세상을 떠났다는 말이 있습니다. 이 말을 듣고 인생의 무상함을 느꼈습니다. 천하의 미인으로 소문이 자자하던 여배우도 나이가 들면 사회적 활동을 중단합니다. 날아가는 새도 떨어뜨릴 수 있다고 하던 대통령은 임기가 끝난 뒤에는 몸을 숨기거나 구치소에 갇히는 역경을 겪기도 합니다.

이 세상에 태어난 모든 사람은 세월이 흐르면 누구나 늙고 병들어 '왔던 곳 찾아서 되돌아가는' 신세가 될 수밖에 없습니다. 그러니 돈도 명예도 오래오래 지니기는 어렵습니다.

사람의 일생을 냉정하게 들여다보면, 오래오래 남는 것은 아무것도 없습니다. 그러므로 하루하루의 삶에서 만나는 사람들에게 진정한 사랑을 베푸는 것이 행복하게 사는 유일한 방법이라고 여겨집니다.

톨스토이의 단편 중에 '주인과 하인'이라는 작품이 있습니다. 내용은 러시아의 어떤 추운 지방에서 눈 오는 겨울날 벌어진 하나의 에피소드입니다. 돈벌이에 재미를 붙인 한 사나이가 이미 많은 돈을 벌었음에도 불구하고 넓은 임야를 하나 더 사들일 수 있는 좋은 기회를 포착하지요. 그는 하인 한 명을 데리고 그 임야를 답사하러 떠납니다. 그 사나이는 마음속으로 계산하고 있었습니다. 그 임야를 사서 적당하게 손질하여 되팔면 큰돈이 될 것을 몇 번이나 계산하고 또 계산하였습니다.

그러나 날씨를 보아 그런 여행을 떠날 상황이 아니었습니다. 그날따라 눈보라가 심하고 감당하기 힘들게 추운 날이었는데 횡재의 기회를 놓칠 수 없어 그는 무리하게 떠났던 것입니다. 준수한 말 한 마리가 이끄는 썰매 위에 주인과 하인은 함께 타고 상당한 거리에 있는 그 임야를 찾아 나섰습니다. 심지어 썰매를 몰고 가던 하인의 실수로 길을 잘못 들어 그 엄동설한에 집 한 채도 없는 황량한 시골길을 헤매게 되었습니다. 두 사람은 눈보라 속에서 밤을 지새워야 하는 형편이 되었습니다. 그런 와중에도 주인은 자기보다 돈을 더 많이 번 사람들을 부러워하며 곧 큰돈을 벌 게 될 생각만 하고 있었습니다. 눈은 계속해서 쏟아지고 찬바람은 사정없이 불어닥쳐서 얼어 죽겠다는 공포에 떨게 되었습니다. 비몽사몽 간에 주인은 갑작스레 하인이 불쌍하다는 생각이 들었습니다. 그래서 자기 털옷을 젊은 하인의 몸에 감싸주고 그 위에 엎드려서 잠이 들었습니다.

드디어 날이 밝아오고 지나가던 행인들이 눈 속에 쓰러져 있는 두 사람을 발견하고 병원으로 옮겼습니다. 하지만 주인은 이미 죽었고 젊은 하인은 동상에 걸려 손가락 몇 개를 절단하고 생명은 건질 수 있었습니다. 톨스토이는 이 작품을 통해 우리에게 무엇을 일러주고 싶었을까요?

"물질에 대한 지나친 욕심은 버려라."
그 한 마디로 요약할 수 있다고 나는 믿습니다.

부자는 가난을 이야기할 자격이 없습니다. 그 실상을 모르니까! 가난을 몸소 겪어본 사람만이 가난을 이야기할 수 있습니다. 소스타인 베블런Thorstein Veblen, 1857~1929은 노르웨이에서 미국으로 이민 온 부모의 아들로, 그는 가난 속에서 자랐고 가난 속에서 학업을 마치고, 예일 대학교에서 박사 학위를 받은 뒤에는 시카고 대학교, 스탠포드 대학교 등에서 경제학 교수로 활약하면서, 자본주의의 비행과 맹점을 가차 없이 비판하였습니다. 그의 저작 중에서 가장 유명한 것이 〈유한계급론The Theory of the Leisure Class〉(1899)입니다.

베블런은 그와 동시대의 경제학자들의 "사람이란 본능적으로 경쟁을 좋아하는 존재Being이고, 일Work은 본디 즐겁지 않은 것이다"라는 주장을 못마땅하게 여겼습니다. 그는 그가 가진 심리학과 인류학 지식을 총동원하여, 경제학은 '영원 불변의 진리의 체계A system of eternal truths'가 아니고 다만 '변해 가는 인간의 제도들Changing human institutions'의 지시에 따를 뿐이라는 사실을 입증하려고 노력하였습니다.

그는 산업Industry과 사업Business이 근본적으로 다르다는 사실을 강조하였고, 사업하는 사람들의 가치관이 사회를 압도하고 있음을 개탄하기도 하였습니다. 그래서 그의 '유별난 소비Conspicuous consumption'라는 낱말도 경제학계에서 쓰이게 된 것입니다. 놀라운 사실은 미국의 경제공황이 1929년, 그가 죽기 바로 석 달 전에 터진 것입니다. 그의 예언이 그의 생전에 적중한 셈입니다. 프랭클린 루스벨트 대통령의 뉴딜 개혁에 베블런의 경제에 관한 생각이 크게 영향을 미쳤다는 것은 의심의 여지가 없습니다.

한국은 오늘 '산업'과 '상업'이 제대로 분간이 안 되어 혼란을 면치 못하고 있습니다. '상업'에는 도덕과 윤리가 없는 것도 같습니다. "돈만 벌면 된다"라는 그릇된 처세가 우리의 삶에 내재했던 질서와 존엄성을 상실케 하여, 삶 자체가 기쁨이 아니라 괴로움이 되었습니다. 돈이 목적이고 돈이 우상인 그런 사회에 무슨 행복이 있겠습니까? 자본주의에 대한 반성과 원망의 소리가 매우 높습니다.

다시 베블런을 생각하면서 오늘의 자본주의가 시련에 직면한 사실을 절감하게 됩니다. '돈'이 인생의 '모든 것'이 되면 이 세상은 사람이 살만한 곳이 못 되는 것이라고 믿습니다.

'돈'보다 100배, 1,000배 소중한 것이 '사람'입니다. 지구의 주인이 '사람'이 아니라 '돈'이라면 우리는 무엇을 위해 살아야 합니까?

율곡과 같은 시대에 성혼成渾, 1535~1598이라는 선비가 있었습니다. 불과 열일곱에 초시에 합격했으나 병 때문에 관리되기를 포기하고 학문의 길에 전념하였습니다. 후에 낮은 벼슬자리에 오른 적은 있었으나 당쟁에 휘말려 그런 자리마저 오래 지키지 못했습니다. 그런 성혼이 이런 시조를 한 수 남겼습니다.

말 없는 청산이요 태 없는 유수로다

값 없는 청풍이요 임자 없는 명월이라

이 중에 병 없는 몸이 분별없이 늙으리라

공기가 아주 나쁜 도시 생활에 지친 사람들을 버스에 태워 숲으로 가서 마음껏 맑은 공기를 마시도록 하고 몇 시간 뒤에 도시로 다시 데려다주는 것을 영업으로 하는 영리 단체가 일본에는 있다고 들었습니다. 그러나 맑은 공기는 값을 요구하지 않습니다. 인간의 자유는 노력하고 싸워서만 얻는 것이지만 청풍은 값이 없고 명월도 주인이 없습니다.

나의 옛날 노트를 뒤적거리다 이런 기록을 보았습니다.

"1987년쇼와 62년 일본에서 반 고흐의 그림 '해바라기'가 당시 일본 돈 54억 엔에 낙찰, 세상을 놀라게 하였는데 고흐 자신은 헐벗고 굶주린 가운데 그 그림을 그렸겠지!"

선비 성혼이 즐긴 '청풍명월'은 100억 원짜리는 될까요? 아니, 매우 소중한 것은 값이 없습니다. 그래서 영어에는 '값을 매길 수 없는Priceless'라는 말이 있습니다. 구스타프 클림트 Gustave Klimt, 1862~1918가 1907년에 그렸다는 어떤 여인의 초상화 한 장이 2006년 6월 맨해튼의 화장품 거상 로널드 로더 Ronald Lauder에게 1억3천5백만 달러에 팔렸다고 합니다. 하지만 성혼은 '청풍명월'을 값도 치르지 않고 마음껏 즐길 수 있었습니다.

예나 지금이나 진리는 변하지 않습니다. 말을 많이 하다 보면 남을 칭찬하는 말보다 헐뜯는 말을 더 많이 하게 마련입니다. 말수를 줄이는 일이 국민 운동으로 발전하기를 나는 은근히 바라고 있습니다.

PART 2.

진실된 삶을
사는 방법

어떻게 말하고 어떤 글을 써야 하나요?

'말 한 마디면 천 냥 빚을 갚는다'라는 속담이 있습니다.
사회가 복잡해질수록 말을 어떻게 하느냐가
삶에 커다란 영향을 가져다주는 것 같습니다.
글도 그 중요성은 마찬가지로 큽니다.
하지만 학교에서는 그런 것에 대해 구체적으로 가르쳐주지 않습니다.
어떻게 말하고 어떤 글을 쓰는 것이 좋을까요?

〈청구영언〉에 이런 시조가 한 수 실려 있지만 누가 지었
는지는 모릅니다.

말하기 좋다 하여 남의 말 마를 것이

남의 말 내 하면 남도 내 말 하는 것이

말로써 말이 많으니 말 마를까 하노라

'말 많은 세상'이라는 말도 있습니다. 말을 많이 하는 사람
은 말을 많이 하지 않는 사람에 비해 '말실수'를 할 확률이 높
습니다. 예부터 말 한 마디 잘못하여 화를 입은 선비도 많습

니다. 그런 재앙은 '설화舌禍'라고 합니다.

옛날부터 '필화筆禍'라는 말도 있었습니다. '혀'만 무서운 게 아니라 '붓'도 무서운 것이어서 붓 한 번 잘못 놀렸다가 패가망신하는 사람들도 있었습니다. 이 시대는 인쇄물뿐 아니라 인터넷, SNS의 홍수라 잘못된 말과 글이 난무하는 시대라고 가히 말할 수 있겠습니다.

나는 후진들을 가르치는 훈장 노릇을 한평생 하다 지금은 늙어서 물러났는데, 젊은 사람들에게 "그 사람이 있는 데서 하지 못할 말을 그 사람이 없는 데서 하지 말라"라고 늘 일러주었습니다.

말이란 '탁' 해서 다르고 '툭' 해서 다릅니다. 남의 말을 제대로 전하지 않고 멋대로 전해서 사람과 사람 사이에 '이간질'을 하는 저질의 인간도 수두룩합니다. 글을 쓸 때만 조심할 것이 아니라 누구와 마주 앉아 말을 할 때에도 '조심, 조심, 조심' 하세요. 그리고 되도록 말수를 줄이고 또 줄이세요. 사람마다 말수를 줄이는 노력을 해야 할 것은 '말로써 말이 많기' 때문입니다.

공자의 제자 중에 자공이라는 자가 있었는데 스승인 공자에게 이렇게 물었습니다.

"선생님, 군자란 어떤 인물입니까?"

스승이 대답하였습니다.

"말을 앞세우지 말고 먼저 행함으로 본을 보이는 사람이지. 말은 그 뒤에 하는 사람이 군자인데, 군자는 말 한 대로 행하는 사람이 아니겠는가?"

예나 지금이나 진리는 변하지 않습니다. 말을 많이 하다 보면 남을 칭찬하는 말보다 헐뜯는 말을 더 많이 하게 마련입니다. 말수를 줄이는 일이 국민 운동으로 발전하기를 나는 은근히 바라고 있습니다.

이 주제는 어떤 전화 회사의 선전문처럼 들리지만 인생 만사에 다 적용되는 생활 철학이라고 할 수도 있습니다. 전화는 3분 이내에 끝내야 한다는 말이 있습니다. 하지만 '길을 잃은' 중년 중에는 한 번 전화기를 잡으면 3분이 아니라 30분 또는 3시간 동안 떠들어대는 사람이 있습니다.

말을 길게 해서 좋아하는 상대는 없습니다. 그럼에도 불구하고 끝없이 떠드는 사람은 일종의 정신장애를 겪고 있다고 보는 의사들이 있습니다. 영어에는 "긴 것은 지루하다Long is long"라는 속담도 있습니다.

뉴턴이나 아인슈타인이 하는 말이나 쓰는 글을 무식한 우리는 너무 어려워서 이해하기 어렵습니다. 그런 전문가들의 대화는 범속한 인간들이 알아듣지 못하는 것이 당연하지만 우리의 생활용어는 쉬울수록 바람직합니다. 잘 팔리는 책은 대개 중졸中卒 이상이면 읽을 수 있는 책들입니다.

　역사적인 명연설 중의 으뜸은, 링컨 대통령이 1863년 11월 19일 게티즈버그Gettysburg 전투에서 목숨을 잃은 전사자들을 위한 공동묘지 봉헌식에서 행한 짧은 연설이라고 합니다. 그 봉헌식에서 주연설을 맡은 연사는 명연설가로 소문이 자자하던 에드워드 에버렛Edward Everett이었습니다. 그는 국무장관, 상원의원, 주지사로 활약했을 뿐 아니라 하버드 대학교의 총장을 지낸 당대 최고의 웅변가였습니다. 그는 1만3천6백7자로 마련된 원고를 앞에 놓고 장장 두 시간이나 연설을 했습니다. 그런데 링컨은 2백72자로 된 짧은 연설문을 3분도 되기 전에 다 끝냈습니다. 그는 이 짧은 연설에서 미국이 지켜나가야 할 민주 정치를 세 마디로 요약하였습니다.

　"국민의, 국민에 의한, 국민을 위한 정치는 지구상에 영원히 살아남을 것입니다.Government of the people, by the people, for the people shall not perish from the earth."

　200자 원고지 6,800장으로 된 명문 연설과 200자 원고지 한 장 반도 안 되는 짧고 쉬운 연설 중에서 전 세계의 후손들은 짧고 쉬운 링컨의 연설을 좋아합니다. 글이나 말은 짧으면 짧을수록, 그리고 쉬우면 쉬울수록 좋다고 여기는 우리의 생각이 옳다고 나도 확신합니다.

　'글書'이라 함은 문장을 엮어내는 능력을 말하기도 하고 '글씨'를 어떻게 쓰느냐 하는 서법 내지는 서예에 관한 문제일 수도 있습니다. 물론 명문가名文家와 명필名筆이 동일인이 아닐 수도 있습니다. 일본의 어느 재상은 글씨가 하도 서툴러 비서가 늘 대필을 했는데 한 번은 주변에 아무도 없어서 본인이 서명할 수밖에 없었답니다. 그런데 그가 서명한 걸 보고 사람들이 깜짝 놀랐답니다. 정말 개 발 놀리듯 제 이름을 적은 겁니다.

　컴퓨터가 널리 보급된 이 시대에는 글을 찍는 사람들뿐이지 쓰는 사람은 자취를 감추었습니다. '서예'는 구시대의 유물로 여겨질 수밖에 없을 것입니다.

　"글은 사람이다"라는 말은 오래된 격언입니다.

　말 잘 하는 사람이 다 글을 잘 쓰는 것이 아니고 글 잘 쓰는 사람이 다 말을 잘 하는 것은 아닙니다.

　말은 물론 그렇지만, 좋은 글에는 '음악'이 있습니다. 좋은 글을 만나면 소리 내서 읽고 싶어집니다. 글이나 글씨에는 개성이 엿보여서 그 사람을 직접 대하는 듯한 감동과 감격이 있습니다. 글이나 글씨는 어떤 규격에 맞도록 그리기만 하는 것이 아니라 본인의 개성이 거기에 드러나게 돼야 합니다.

지나간 1,000년에 동안 인류 역사에 가장 큰 업적을 남긴 사람은 구텐베르크Gutenberg라고 주장하는 사람이 있습니다. 인쇄술의 발달이 인류의 운명을 바꾸어 놓았다고 보기 때문입니다. 구텐베르크가 없었다면 오늘의 인류 문화가 이렇게 찬란하게 꽃을 피울 수 있었을까 의심하게 되지만 사실은 활자와 인쇄술 때문에 인류는 새로운 고민에 사로잡히게 되었습니다. 개성을 말살하는 오늘의 문화가 우리에게 기쁨을 주기는 어렵다고 느끼게 된 것입니다.

미국에서 한때 유행했던 우스갯소리 중에 이런 게 있습니다. 어느 집 아버지가 아들을 엄중하게 훈계하면서 "이놈아, 링컨은 네 나이에 무슨 일을 하고 있었는지 아느냐"라고 했습니다. 물론 링컨이 어려서부터 고생을 많이 하면서 자랐다는 이야기는 그 아들도 잘 알고 있었습니다. 그러나 아버지의 그런 꾸지람이 마음에 와닿지 않았던 아들이 아버지를 향해서 이렇게 말했습니다.

"링컨은 아버지 나이에 무슨 일을 하고 있었는지 모르십니까?"

물론 링컨은 30대, 40대에는 변호사로 일했고, 50대에 대통령이 됐으니 그 아버지가 아들의 말에 충격을 받지 않을 수 없었을 것입니다. 공연히 아이들을 얕잡아 보고 이 소리 저 소리 하는 것은 잘못이라고 생각합니다.

우리 속담과 관련된, 이야기가 있습니다. 밥을 먹자마자 잠을 자려고 하는 아들에게 아버지가 야단을 쳤습니다.

"야, 이놈아, 밥 먹자마자 누우면 소가 된다."

영리한 아들이 되받아 말했답니다.

"그럼 아버지 저 앞집 소는 본디 누구였습니까?"

아버지는 대답을 할 수 없었습니다. 말을 함부로 하면 그 말 때문에 당하는 일이 많습니다.

욕을 해도 적당하게 해야지 도를 넘으면 그 독화살은 자신에게 돌아옵니다. 서울 사람들의 욕 중에 '육시랄 놈' 또는 '염병할 놈'이라는 지독한 욕이 있었는데 요즈음은 사용하지 않아서 정말 다행으로 생각합니다.

일본인의 옛 교훈에 "사람을 보면 우선 도둑놈이라고 생각해라"라 는 것이 있었습니다. 아마도 사람을 조심하라는 뜻이었겠지만 그렇게 가르쳐서 오늘의 일본이 된 것은 결코 아닐 것입니다.

누구를 믿었다가 속는다는 것은 가슴 아픈 일이지만 사람을 믿지 않고 의심하는 것은 얼마나 힘들고 괴로운 일이겠습니까. 오히려 믿다가 손해를 보는 것이 바람직하다고 생각됩니다. 내가 부탁하는 것은, 사람은 누구에게나 주고받는 말만은 좋은 말을 사용해야 한다는 것입니다.

웅변가의 원조는 그리스의 데모스테네스Demosthenes, 384~322BC라고 알고 있습니다. 그는 결코 순탄한 일생을 살지는 못했습니다. 하지만 그의 웅변이 국가적 위기를 극복하는데 크게 도움이 되었다고 합니다. 이 웅변가는 발성을 단련하기 위해 거센 파도가 몰아치는 해변가에 서서 혼자 연설을 연습하였다는 말도 있습니다.

그러나 확성기가 발달한 이 시대에는 목소리가 대단한 웅변가가 필요 없습니다. 마이크를 잡고 연설하는 연사의 목소리가 지나치게 크면 청중이 좋아하지 않습니다. 타고난 목소리가 우선 좋아야 하겠지만 말에도 리듬이 있고 멜로디가 있어야 듣는 사람이 호감을 갖게 됩니다. 그래서 연설을 잘 하려면 상당한 기간의 연습이 필요합니다.

미국의 프랭클린 루스벨트F.D. Roosevelt, 1882~1945 대통령은 서른아홉의 나이에 소아마비에 걸려 나머지 삶을 휠체어에 앉아서 활동해야 했습니다. 하지만 그는 47세에 뉴욕 주지사가 되었고, 51세에는 미합중국의 대통령이 되어 라디오를 통해 유명한 '노변정담爐邊情談 – Fireside Chat'을 방송했습니다. 이

방송에서 그는, 경제공황으로 위기에 처한 국민에게 매우 음악적인 '황금의 목소리Golden Voice'로 위로와 희망과 용기를 주었습니다.

그는 늘 앉은 자세로 말을 했지만 그 자세와 그 언변으로 유권자들을 감동시켜 미국 대통령에 네 번 당선된 전무후무의 유능한 정치 지도자로 역사에 남았습니다. 그 후 미국 사람들은 헌법을 고쳐 어떤 대통령도 두 번 이상은 대통령 후보로 출마할 수 없게 하였답니다.

나는 우리나라에서 말씀을 가장 잘 하시던 두 분 – 백낙준 박사와 함석헌 선생을 스승으로 모신 사실을 늘 자랑스럽게 생각합니다. 두 분 다 음악에 조예가 깊은 분들은 아니셨지만 두 어른의 말씀에는 음악이 있었습니다. 두 분의 말씀은 아무리 들어도 지루하지 않고 늘 감동적이었습니다.

두 분의 말씀이 오늘의 '나'를 만들었다고 나는 단언합니다. 그러나 나는 스승의 인격을 따르지는 못했습니다. 두 분께서 나를 사랑하시고 큰일을 부탁하신 것도 사실이지만 나는 그런 일을 할 만한 인격을 갖추지 못하여 큰일도 못하고 이렇게 나이만 먹었습니다. 그래서 나는 훌륭한 후배를 만나면 꼭 당부합니다.

"그대는 이 땅의 양심이 되어라"라고.

"나는 실패했지만 그대는 꼭 성공하라"라고. 사람이 말만 잘 해서 무엇에 쓸 겁니까? 훌륭한 인격을 지닌 인간이 돼야죠.

같은 배를 타고 여러 날 여행을 하면 새로운 친구를 여럿 얻게 됩니다. 같은 배에서 먹고 자는 경험이 육지에서의 교제와는 질적으로 다른 것 같습니다. 배가 뒤집히거나 물에 빠지면 비슷한 시간에 함께 저세상으로 가야 한다는 은근한 공포심이 그 배에 타고 가는 모든 승객에게 생기게 마련입니다. 그것이 '운명 공동체'의 의식을 심어주는 것인지도 모릅니다.

요새 큰 빌딩에는 수십 개의 회사가 세들어 있기 때문에 매일 출퇴근 시간에 엘리베이터에서 얼굴을 맞대게 될 것입니다. 그런 시간에 그런 빌딩의 승강기에 한번 타보세요. 의외로 "안녕하십니까?"하고 먼저 인사하는 사람은 없습니다. 엘리베이터 안은 늘 조용하고 서로 알면서도 인사를 하지 않기 위해 출입구 위에 붙은 층수 번호판만 봅니다. 각자 자기 회사가 있는 층에서 내리기만 하면 됩니다.

이런 무미건조한 월급쟁이들만이 모여 사는 나라가 한국밖에 또 있겠습니까? 모든 젊은 머리가 한 곳만 열심히, 뚫어지게 보고 있을 뿐 서로의 인사도 대화도 전혀 없습니다.

"제가 먼저 안 하는 인사를 왜 내가 먼저 해!"

부모들이 심어준 이런 그릇된 자부심이 우리의 사회적 분위기를 험악하게 만들고 있다고 단정해도 항의할 사람이 없을 겁니다.

먼저 인사하면 그 혀에 가시가 돋습니까?

각자의 혓바닥이 바람 좀 쏘이면 안 됩니까?

우리도 GDP 3만 달러에 어울리는 국민이 되었으면 합니다.

어떻게 살아야 바르게 사는 건가요 ❓

바르게 살아야 한다는 것을 모르는 사람은 없습니다.
그러나 선택의 갈림길에 섰을 때
어느 쪽으로 가야 바른 길인지 알기는 쉽지 않습니다.
'바른 길'이 어떤 길인지 헷갈릴 때도 있습니다.
바르게 산다는 것은 과연 어떤 길을 걷는 것인가요?

그리스의 격언에는 "건전한 정신은 건전한 육체에 깃든다"라는 말이 있습니다. 이 격언은 우리로 하여금 깊은 생각에 빠지게 합니다. 김동건이라는 유명한 아나운서는 1958년부터 나의 제자인데 예의 바르기로 소문난 사람입니다. 그는 내가 어느 잡지에 적은 글 한 구절을 잊지 않는다면서 그 한마디를 되새겼습니다.

"미인이란 어떤 여자인가? 물론 옷이 깨끗해야 하지만 옷보다도 피부가, 피부보다도 체내 혈관에 흐르는 피가 깨끗해야 미인이다. 이런 조건이 다 들어맞아야 미인이지만 그보다 더 소중한 또 한 가지 조건은 깨끗하고 아름다운 마음 가짐이다.”

몸이 건강해야만 하지만 몸만 건강하면 무슨 소용이 있는가 따져볼 필요도 있습니다. 옛날 선비들이 말한 신언서판身言書判의 첫 글자가 보디빌딩으로 잘 가꾸어진 육체미를 말하는 것이 아니라는 사실은 확신합니다. 선비들은 오히려 ‘자세’에 중점을 두었다고 생각됩니다. 목이나 어깨가 기우뚱한 남자나 여자는 보기에도 민망합니다. 당당한 자세가 결코 교만한 자세는 아닙니다.

처신處身이라는 말이 있습니다. 어떠한 경우에도 자세를 굽히지 않고 도리에 어긋나지 않는 태도를 취하는 사람을 처신을 잘 한다고 합니다. 그러나 처세술과는 차원이 다릅니다. 우리 시대에는 예의 바른 사람을 찾아보기 어렵지만 그런 사람들이 아직도 있는 것은 확실합니다. ‘예의’가 예술임을 입증하는 소수의 선량하고 교양 있는 인사들 덕분에 인생을 아름답다고 느끼면서 나는 삽니다.

농경사회에서는 흥분하거나 감격할 만한 일이 별로 없었다고 할 수 있습니다. 동네 박 서방이 깊은 산에 약초 캐러 갔다가 호랑이에게 물려 죽었다는 소식이나, 건넛마을 사는 김 서방 딸이 시집도 가기 전에 애를 가졌다는 소문 등이 사람들을 놀라게 할 뿐, 그 시대는 천재지변이 없는 한 화다닥 놀랄 일도 없었고 크게 감격할 사건도 없었습니다.

그러나 산업사회는 많이 다릅니다. 현대인은 '속도speed'에 목숨을 겁니다. 인디애나Indiana 또는 데이토나Daytona 500을 보셨습니까? '속도 경쟁'이 어찌 보면 정신 나간 짓 같습니다. 우승하면 상금은 있겠지만 그것이 인류 전체에게 무슨 유익이 있습니까? 앞으로 뉴욕에서 서울까지 두 시간이면 오갈 수도 있는 날이 오기 때문에 출퇴근이 가능하다는 말도 있습니다. 사무실 근처에 원룸을 얻는 게 낫지, 제트기 타고 출퇴근 하는 것은 무리하다고 생각합니다.

오늘의 인생은 모두가 불꽃놀이라고 할 수 있지 않을까요? 농사짓던 옛사람들은 씨 뿌리고 김매고 때가 되면 수확이 가능했지만 오늘 이 산업사회에 사는 사람은, 특히 근로자들은 매주 토요일과 일요일을 기다리는 재미에 산다고 하니 다른 '낙'이 없어서 그렇게 된 것 아닐까요? 축구 시합에 미치는 것도 자기가 후원하는 구단의, 자기가 좋아하는 선수가 한 골 넣을 때의 감격을 기대하고 시합하는 경기장을 찾아가 열광하는 것입니다. 그것도 불꽃놀이나 다름없습니다.

"순간은 영원하다"라는 말을 가끔 듣지만 밤하늘에 '꽝'하고 퍼지는 불꽃이 준 감동이 얼마나 오래 지속될 수 있습니까? 불꽃이 터지는 순간이 얼마나 오래 기억될 것인가 의심하지 않을 수 없습니다. 축구 월드컵 대회에서 최종적으로 승리를 거두어 그 유명한 트로피를 받아 번쩍 들어올리는 감격도 잠깐, 그것도 불꽃과 다를 바가 없습니다. 너무 급하게 뛰어다니지 않기를 바라는 동시에 무가치한 '불꽃놀이'에 심취하지 않기를 또한 바라는 바입니다.

중국 한나라 건국에 공헌한 장군 한신이 아주 젊었을 때 동네 불한당들에게 둘러싸여 모욕을 당한 일이 있었답니다. 놈들이 한신에게 자기의 두 다리 사이로 기어가라고 명령했답니다. 그런 부끄러운 일이 어디에 있겠습니까? 그런데 그때 상황을 올바르게 파악한 한신은 그 고약한 놈의 다리 밑으로 기어간 덕분에 놈들에게서 풀려날 수 있었습니다. 한신은 그 무뢰한들의 수가 많으니 혼자 싸워봤자 승산이 없음을 재빨리 파악하고 그들이 하자는 대로 함으로써 위기를 모면할 수 있었던 것입니다.

나는 20대, 매우 혈기왕성할 때 이런 일을 경험하였습니다. 우리 대문 앞에 어떤 만취한 자가 와서 큰소리로 공연히 욕을 하고 있는 겁니다. 듣자하니 용서할 수 없는 말들을 내

뻗고 있기에 내가 다가가서 오른손 주먹으로 세게 때렸습니다. 그 자는 그 자리에서 쓰러졌지만 얼마 뒤에 제 힘으로 일어서서 아무 말도 못하고 사라져버렸습니다. 그때 나의 아버지께서 나를 불러서 이렇게 타이르셨습니다.

"네가 센 주먹으로 한 대 갈겨서 그 자가 쓰러졌다 일어나서 저 집으로 갔으니 망정이지 그 놈이 네 주먹을 맞아 즉사했다고 가정해봐라. 너는 과실치사로 감옥에 갇히고 아무 일도 못하고 한평생을 보내야 했을 것이다"

그 한 마디의 교훈이 내 평생의 소중한 가르침이 되었습니다. 나에게도 어려운 고비가 많았고 주먹 싸움을 할 수밖에 없는 경우도 여러 번 있었습니다. 그런 경우에도 나는 지나친 폭력 행사를 하지는 않았습니다. 아버지의 그 말씀이 있었던 덕분에 오늘의 내가 있다고 나는 말하고 싶습니다.

영어로는 '의衣'보다 '식食'이 앞섭니다. 서양 사람들이 우리 동양 사람들보다 솔직하기 때문일까요?

'Food, Clothing and Shelter'라고 순서를 정한 지 오래된 것 같습니다.

'하늘을 지붕 삼고 헤매는 신세'일지라도, 남루한 옷을 걸치고 다닐지라도, 먹어야 사는 것이 모든 동물의 한결 같은 고민입니다.

미식가도 배가 고프면 닥치는 대로 먹습니다. 거지는 쉰 밥을 먹어도 탈이 나지 않습니다. 그런 경험은 나에게도 있습니다. 1945년 봄, 평안남도 영유에 있는 괴천공립국민학교의 촉탁 교원으로 임명되어 평양을 떠날 때 어머니께서 김밥을 싸 주셨습니다. 거의 하루 종일 걸려서 영유까지 갔지만 그 김밥을 그 날 밤에 먹지 못하였습니다. 이튿날 아침에 도시락을 열었더니 좀 쉰 듯하였으나 다 먹었습니다. 그러나 아무 일도 없어서 아침 조회 시간에 운동장에서 학생들에게 취임 인사를 하였습니다.

어머니의 사랑 덕분에 무사했을 것이라고 나는 지금도 생각합니다. 나는 상 위에 놓인 음식을 가리지 않고 다 먹지만 보신탕은 절대 먹지 않습니다. 술도 안 먹고 담배도 피워본 적이 없이 90세까지 살았습니다.

무엇을 먹고 살 것인가? 몸에 해롭다는 것을 먹으면 안 됩니다. 한 끼에 10만 원을 내야 하는 음식이 한 끼에 1만 원짜리 식단보다 꼭 몸에 좋은 것은 아닙니다. 어떤 음식인가가 문제되지 않고 어떤 사람들과 함께 먹느냐가 더 큰 문제라고 나는 생각합니다. 그래서 될 수 있는대로 좋은 사람들과 같이 먹기를 항상 원합니다. 내가 여러 가지 모임을 마련하는 까닭이 거기에도 있습니다.

'옷이 날개'라는 속담이 있습니다. 초라하게 보이던 사람도 옷을 잘 입으니까 훌륭해 보인다는 뜻이겠지요. 그 반면에 옷이 너무 남루하면 남의 집에 거지로도 들어가기 어렵다는 말도 있습니다.

"옷 잘 입은 거지가 밥도 잘 빌어 먹는다"라는 말입니다.

우리 조상들은 옷 없이 살았을 것입니다. 옷감이 없는데 무엇으로 옷을 만들 수 있었겠습니까? 지금도 아프리카나 동남아, 남미 등의 밀림에 사는 소수 종족들은 대개 벗고 삽니다. 그런 삶을 그토록 부러워하는 문명인들도 있습니다. 짐승들의 습격을 피하여 나무에 기어 올라가 일거리를 만들고 살았기에 오늘도 서양의 어린이들은 '트리하우스'를 만들고 한여름 거기 올라가 살고 싶어 합니다.

패션이 등장한 뒤에는 '의관衣冠을 정제整齊'하는 일이 별로 없지만 그래도 아직은 초상집에 화려한 옷을 입고 가는 사람은 없습니다. 군대나 경찰에는 제복이 있고 영국에서 열리는 윔블던Wimbledon 테니스 대회에서는 참가 선수들에게 흰색의 운동복을 고집합니다.

토마스 칼라일Thomas Carlyle, 1795~1881이라는 영국의 역사가는, 〈의상철학〉Sartor Resartus이라는 책에서 '옷은 곧 사회와 제도와 문화'라고 지적했습니다. 이 시대를 사는 우리도 그로 말미암아 많이 계몽된 셈입니다. 옷이 인류의 역사라고 해도 지나친 말은 아닙니다. 어느 시대에나 신분에 어울리는 깨끗한 옷을 입고 우리와 함께 살아주는 사람들을 만나면 목례라도 하고 싶은 마음이 생깁니다. 사람마다 입고 다니는 그 옷이 그 사람 자신이라고 해도 결코 지나친 말은 아닙니다.

과유불급過猶不及은 "지나친 것은 미치지 못한 것만도 못하다"라는 뜻으로 풀이됩니다. 공자께서 가르치신 중용지도中庸之道를 염두에 두고 읽으면 쉽게 이해가 됩니다. 과음도 과식도 몸에 해롭습니다. 욕심이 지나치면 과욕이라고 합니다. 일이 지나치게 하면 과로라고 합니다. 과욕은 개인과 가정을 망치고 더 나아가 나라를 망칠 수도 있습니다. 그런 예는 역사에 차고 넘칩니다.

지나친 욕심은 세상을 어지럽게 만듭니다. 그러나 지극히 작은 '지나침'이 우리 삶에 많은 고통을 주는 사실 또한 부인하기 어렵습니다. 편지나 우편물을 받아 뜯으려 할 때 풀로하도 많이 칠해 사방을 꽉 막아서 뜯기조차 어려운 경우가있습니다. 그런 편지나 통지문을 받아 뜯으며 '화'를 내지 않는 성인 군자가 어디 있겠습니까? 가위로 붙인 데를 자르다가 편지 자체나 소포의 내용물에 손상을 입히는 경우도 없지않습니다.

나의 스승께서 가르쳐 주셨습니다. 편지 봉투를 풀로 붙일 때 뜯어 읽어야 할 상대방 생각도 하라고. 저만 아는 어려운 문자를 써가며 어린 사람에게 편지를 쓰는 어리석은 어른도 많기에 도산 안창호가 일러주었답니다. 어른에게 쓰는 말투로 아이들에게 글을 써서 보내면 안 된다고. 강연장에 가서 알아듣지 못할 어려운 말로 떠드는 사람을 보면 아무리 소문난 학자라도 제 정신을 가진 사람처럼 보이지는 않습니다. 청중 가운데 어느 한 사람도 깔보는 일이 있어선 안 됩니다.

무슨 일에나 내가 지나치면 나 아닌 그 누가, 힘이 들거나 괴롭게 되거나 손해를 보게 됩니다.

그러므로 중용中庸은 민주주의의 원칙이기도 합니다.

사랑의 힘이란 어떤 것인가요 ❓

사랑의 힘은 대단히 크고 훌륭하다고들 합니다.
그런데 그 실체를 만나기는 쉽지 않습니다.
사랑의 힘이 정말 다른 물리적인 힘보다 센 것인지, 그것이 가능한지,
사랑의 힘은 어떤 모습인지 알고 싶습니다.

사랑에 관한 노래도 많고 이야기도 많지만 막상 사랑이 무엇이냐고 물으면 대답할 수 있는 사람은 많지 않습니다. 사랑을 해본 일도 없고 사랑을 받아본 일도 없는 사람이 사랑을 운운한다는 것 자체가 '넌센스'입니다.

다정다감하면서도 매우 예리했던 영국 시인 윌리엄 블레이크William Blake, 1757~1827는 이런 시를 읊었습니다.

사랑을 고백하려 애쓰지 마오

Never seek to tell thy love

사랑이란 말로는 할 수 없는 것

Love that never told can be

사랑에는 조건이 없습니다. '믿음·소망·사랑'은 언제나 있어야 하는데 그중에서 가장 소중한 것은 사랑이라고 사도 바울이 밝힌 까닭이 있습니다. 모든 생명 있는 것의 원동력이 사랑이기 때문입니다. 모든 사랑은 "주고 또 주고, 잘못이 있었어도, 용서하고 싶은 마음"입니다. 사랑 때문에 사람은 기쁜 마음으로 살 수도 있지만 사람은 그 사랑 때문에 기쁘게 죽을 수도 있습니다. 사랑보다 더 힘찬 에너지는 이 세상에 없다고 나는 믿습니다.

우리 사회뿐 아니라 어떤 사회나 사람이 사람을 대하는 자세가 예전에 비해 심히 냉정해졌다고 말합니다. 옛날 농경 사회에서는 '무전여행'이 그렇게 어렵지 않은 일이었습니다. 낯선 나그네가 문밖에 와서, 시장해서 들렀다고 하면 그 집 주인이 모르는 척하지 않았습니다. 우리의 생활이 그만한 마음의 여유가 있었던 것이라고 생각합니다. 그러나 산업화가 되면서부터는 '무전여행'은 사라진 꿈이 되었고 이젠 시골에서도 그런 나그네를 의심스러운 눈으로 바라볼 것이 뻔합니다.

큰 건물에 용무가 있어서 들어가노라면 맨 먼저 만나게 되는 수위가 투박한 어조로 "어디에 갑니까?"라고 묻는데 대부분 친절한 기색은 전혀 보이지 않습니다. 마치 귀찮은 손님이 온 것처럼 대하기 때문에 그 빌딩에 처음 찾아간 사람의 마음에 적지 않은 불쾌감을 줄 수도 있습니다.

친절이 없는 까닭은 사랑이 없기 때문이라고들 합니다. 그 건물에 들어서는 손님이 그 건물을 지키는 수위에 대해 사랑하는 마음을 갖고 있을 리 없기 때문에 그저 최소한의 교양 있는 표정으로라도 서로 대하면 좋을 것입니다. 그런데 전혀 원수진 일이 없으면서도 마치 원수를 만난 것처럼 서로를 대하는 경우가 많은 것이 오늘의 사회적 현상입니다.

우리는 모두가 알고 있습니다. 사람은 누구나 사랑받기를 원한다는 것을! 어린애들은 물론이거니와 집에서 키우는 애완동물이나 심지어 화초들도 사랑을 받아야 잘 자란다는 이야기도 잘 알고 있습니다. 그러나 사랑이 무엇인지 정말 아는 사람들은 사랑을 받는 것보다 사랑을 하는 것이 더 만족스러운 일이라고 말합니다. 사랑은 받는 기쁨보다도 주는 기쁨이 더 크다는 뜻입니다. 사랑할 수 있는 사람이 있다는 것은 얼마나 행복한 일입니까?

사도 바울이 "받는 것보다 주는 것이 더 복 되다"라는 내용의 발언을 한 것도 그가 인생의 그런 이치를 잘 알고 있었기 때문일 것입니다. 사랑의 경험이 없는 사람은 사랑하는 기쁨이 얼마나 큰 것인가를 잘 모르는 듯합니다.

사랑을 말하는 사람은 많고 사랑을 글로 표현하는 사람도 많지만 실제로 사랑을 경험하는 사람은 많은 것 같지는 않습니다. 그러면 사랑 속에 파묻혀 사는 사람들은 무슨 말을 하며 무슨 글을 쓰겠습니까? 영국 시인 윌리엄 워즈워스William Wordsworth, 1770~1850가 이런 말을 했습니다.

"사랑의 힘에는 일종의 위로가 있다."
"There is a comfort in the strength of love."

사랑은 삭막한 인생을 사는 사람들에게 유일한 위로일지도 모릅니다. 그도 그럴 것이 우리는 사랑이라는 마음이 있어 자연과 계절의 그 아름다움을 즐기고, 각자가 할 수 있는 일도 즐기면서 살아갈 수 있는 것입니다.

그러나 한국 최초의 여가수 윤심덕은 사랑을 잃었다고 착각했기 때문에 그녀가 부른 노래 '사의 찬미'의 시작 부분처럼 "광막한 광야를 달리는 인생아, 너는 무엇을 찾으려 왔느냐"라며 현해탄에서 투신 자살하고 말았습니다. 따지고 보면 사랑을 잃는다는 것은 있을 수 없는 일입니다. 왜냐하면 사랑의 추억 속에는 사랑의 꿈이 있고 사랑의 위로가 남아 있기 때문입니다. 그런데 어찌하여 사랑이 완전히 사라졌다고 착각하는 것입니까?

젊은 남녀들이 일시적인 사랑에 빠졌다가 서로 상처를 받고 헤어지는 것을 볼 때 나는 그들에게 테니슨의 〈이녹 아든〉이라는 서사시를 읽어보라고 권하고 싶습니다. 이녹이 사랑했던 애니는 그의 친구 필립과 결혼하게 되었지만 이녹의 애니를 향한 사랑은 변함이 없었습니다. 그 사랑이 애니와 필립의 새로운 사랑을 지켜준 것입니다.

사랑하는 사람들이여!
사랑에 실망하거나 절망하지 마세요!
사랑은 영원한 것이고
그 영원한 사랑 속에는 틀림없이 위로가 있습니다.

기회가 있을 때마다 여러분께 누누이 말씀드렸죠.
"인생의 테마는 사랑이다"라고.
90세가 되도록 오래 살면서 깨달은 건 그것 한 가지뿐입니다. 사람답게 사는 길은 사람을 사랑하며 사는 그 한 길이 있을 뿐입니다. 직장도 필요하고 돈도 있어야 합니다. 그러나 '사랑'이 없으면 직장도 돈도 심지어 명예도 칭찬도, 무슨 소용이 있습니까?

다른 동물의 세계에도 사랑은 있습니다. 그러나 그 사랑은 몽땅 본능에 근거를 가졌을 뿐, 그래서 그들의 사랑은 예술이 될 수 없습니다. 사람의 사랑은 작품의 소재가 될 수 있지만 그들의 사랑은 본능의 발동이 전부이기 때문에 작품의 소재가 될 수 없는 겁니다. 사람만이 '로미오와 줄리엣'의 사랑을 작품화할 수 있습니다.

딱지벌레 암놈과 수놈의 처절한 사랑이 있음을 목격합니다. 그러나 아무리 훌륭한 극작가도, 심지어 셰익스피어도 딱지벌레들의 사랑을 주제로 작품을 쓸 수는 없을 겁니다. 호모사피엔스에게 국한된 것이 '사랑의 묘약'이니, 사랑을 얻기 위해 결혼을 하세요. 결혼을 하고 가난하더라도 살림을 차리고 사랑의 예술가가 되기를 힘쓰세요.

남편이 직장에서 밀려나도, 생활비가 바닥나도, 사랑만 있으면 사람은 삽니다. 나더러 "모르는 소리 마십시오"라고 하지는 마세요.

왜? 나도 그런 가난을 다 겪으면서 살았기 때문에 자신 있게 말할 수 있습니다. 우리 어머니는 '외상'의 달인이셨습니다. 그러나 그 외상 다 갚고 하늘나라로 가셨습니다. 우리 어머니야말로 '사랑의 마술사'이셨습니다. 사랑 때문에 직장에 다니고 사랑 때문에 아들, 딸을 낳아 학교에 보내고 사랑 때문에 영생을 믿으며 죽음을 두려워하지 않는 한국인이 되세요.

살아야 할 확실한 이유를 한 가지만 알려드리겠습니다. 먼저 내가 역사를 공부해서 나름대로 알아낸 역사의 주제가 무엇인지 그것부터 말씀드리는 것이 순서라고 느껴지기에 그 이야기부터 하겠습니다.

나는 대학 학부와 대학원에서 역사를 전공하였고 학위를 끝낸 뒤에도 줄곧 대학생들에게 역사를 가르쳤습니다. 그뿐 아니라 저명한 사학자들과 역사라는 큰 바다의 파도를 헤치며 고생스러운 날들도 함께했습니다. 그런 가운데 나는 나대로 역사의 주제를 파악하였다고 자부합니다.

한 마디로 말하자면, 역사의 주제는 '자유'입니다. 그렇게 파악한 사람이 나만은 아닙니다. 역사 철학자 헤겔의 중심 사상도 그런 것인데 그는 아는 것이 많은 대학자라 '자유'에 멋있는 옷을 입혀 우리에게 넘겨주었습니다. 하지만 그 알맹이는 '자유'라고 지금도 믿고 있습니다. 그렇다면 역사의 일부라고도 할 수 있는 각자의 인생 주제는 무엇인가? 그것은 '사랑'입니다. 모든 인간이 추구하는 행복의 핵심이 '사랑'입니다. 사랑을 받을 수 있고 사랑을 할 수 있으면 그것이 행복이고 그것이 천국입니다.

사람은 사랑을 통해서만 영원에 도달할 수 있습니다. 윌리엄 딘 하우얼스William Dean Howells, 1837~1920가 "영원과 나는 하나다.Eternity and I are one."라고 말했는데 사랑으로 말미암지 않고는 이렇게 될 수 없습니다. 사람은 사랑 때문에, 죽어도 살 수 있다고 나는 믿습니다.

이탈리아 피렌체에 있는 단테Alighieri Dante, 1265~1321의 생가를 내 평생에 세 번 방문하였습니다. 시리아 다소Tarsus에 있는 사도 바울의 생가를 꼭 한 번 찾아간 적이 있는데 그 감동은 말로 다하기 어려웠습니다. 하지만 미국 켄터키 호젠빌의 링컨의 생가라는 통나무 오두막집은 그 위에 큰 돈 들여 대리석 집을 올려놨기 때문에 이렇다 할 감동이 없었습니다.

단테는 피렌체에 흐르는 아르노 강가를 산책하다가 두 사람의 여인과 함께 그 강가를 거니는 베아트리체를 처음 보았다고 합니다. 그 아름다운 여성의 모습을 보는 순간에 젊은 단테는 하늘나라의 영원한 꽃 한 송이를 발견한 듯했던 모양입니다. 보통 사람도 그런 느낌을 한동안 지니고 살 수는 있습니다. 그러나 그런 감동을 죽는 날까지 간직하고 산다는 것은 천재가 아니고는 못할 일입니다. 그는 베아트리체와 데이트도 한 번 못했을 것입니다. 이 미녀는 어느 잘 사는 상인과 일찍 결혼하였으나 젊은 나이에 세상을 떠났습니다. 단테는 정계에 투신하여 엄청난 시련을 겪고 마침내 오랜 세월 유배 생활을 해야 했습니다. 하지만 그는 계속 베아트리체에 격려되어 〈신곡〉을 썼습니다. 〈신곡〉에서 '지옥'과 '연옥'은 버질(Virgil)에게 안내받지만, '천국'은 천사와 다름없는 그 여성의 안내를 받습니다. 베아트리체가 세상을 떠났다는 소식을 듣고 그는 피렌체의 거리가 캄캄하게 느껴졌다고 고백한 적이 있습니다. 이렇게 위대한 것이 사랑입니다.

오래 전에 가수 이상희가 불러서 크게 히트했던 '참사랑'이라는 노래가 있었습니다.

그대 지금은 남남인 줄 알고 있지만
아름답던 그 시절은 오늘도 눈물 주네
참 사람이란 이렇게 눈물을 주나 슬픔을 주나
멀리 떠나간 내 사랑아
나는 잊지 못해요 잊을 수가 없어요
고독이 밀리는 이 밤을 어이해요

추억만을 위하여 '사랑'이 있는 것은 아닙니다. 사랑은 에너지입니다. 그 에너지가 발동해야 사람은 꿈을 꾸고 일을 하며 살 수 있습니다. 노인에게는 '사랑의 추억'밖에 없을 것으로 잘못 알고 있는 젊은이가 많은데 그렇지 않습니다. 어느 노인에게나 어제의 사랑이 필요했습니다. 그 사랑은 갔습니다. 그렇다고 '눈물'과 '슬픔'만이 남아 있다면 그런 노인은 일찌감치 죽었어야 합니다.

왜 그는 살아 있습니까?

답은 "계속 사랑하기 위해서"이며 "쉬지 말고 사랑하기 위해서"입니다.

단테가 그런 시인이었고 괴테Johann Wolfgang von Goethe, 1749~1832가 그런 문인이었습니다. 이들은 사랑할 수 있는 에너지가 차고 넘쳐서 '사랑의 추억'에 안주하며 그 타고난 에너지를 낭비하지 않고 오히려 더 큰 사랑을 추구하여 몸부림치며 살았습니다. 누가 감히 단테나 괴테처럼 살며 사랑할 수 있겠습니까? 그들은 50세가 넘도록, 80세가 넘도록 살았지만 지칠 줄을 모르는 젊은 사람으로 살다 갔습니다. 그러니 우리 같은 평범한 사람들이 모여서 단테나 괴테나 피카소 같은 천재들을 비난해서는 안 됩니다.

오늘도 사랑을 하세요.
남의 사랑을 시기하거나 비웃지 말고
스스로 사랑을 하세요.

진실은 얼마나 중요한 것인가요 🔍

진실의 가치는 우리의 생명과도 맞바꿀 만큼 크다고 합니다.
또 모든 것이 다 사라져도 진실만은 살아 있어야 한다고도 합니다.
그러나 세상에서는 진실이 외면당하고
거짓이 득세하는 경우를 많이 만납니다.
그 얘기는 진실의 중요성이 절대적은 아니라는 뜻이 아닌가요?
실제로 진실의 가치는 얼마나 큰 것인가요?

"너 자신을 알라."

이 말이 서양 철학의 시작이라고 하면서 흔히 아테네의 철학자 소크라테스가 인류를 향해 최초로 던진 촌철寸鐵로 여겨지고 있습니다. 그런데 이 말은 델피의 신전 돌기둥에 새겨진 글이라고 합니다.

소크라테스는 아테네의 정치를 비방하는 사람을 향해, "너는 아테네 인구가 정확히 몇 명이나 되는지 아는가"라고 물었답니다. 질문을 받은 자가 "잘 모릅니다"라고 대답하면 "그것도 모르는 주제에 무슨 큰소리냐"라며 야단을 쳤다고 합니다.

이 세상이 이렇게 시끄러운 까닭은, 잘 모르면서 저마다 떠들기를 좋아하기 때문이라고 생각됩니다. 확실치도 않은 정보를 바탕으로, 또는 전혀 사실무근의 '허위'를 내세우며, 얼토당토않은 수작을 늘어놓는 자들이 있는 것은 엄연한 사실입니다.

'곡학아세曲學阿世'라는 고사성어처럼 바르게 알지도 못하면서 그런 학문이나 지식을 가지고 세상 사람들에게 아부하는 무리가 있습니다. 대개는 자기의 유익이나 출세를 도모하기 위해서 이런 짓을 합니다. 정치판에서는 그런 인간들이 일시적으로 성공하고 출세하기 때문에 경계해야 마땅합니다.

모든 인간의 일차적 의무는 '정직'이겠지만 '정직' 못지않게 필요한 것이 "분수를 안다"라는 것입니다. 주제넘은 말과 행동이 본인들에게뿐 아니라 사회 전반에 미치는 악영향은 말로 다 표현하기가 어렵습니다. "너 자신을 알라"라는 말은 어느 시대에나 필요한 명언입니다.

정직하기만 하면 두려울 것은 없습니다. 먹고 사는 일을 두고도 정직하기만 하면 됩니다. 부유한 사람들을 만나나 가난한 사람들을 대하나 꿀릴 것은 없습니다. 정직하면 이 세상의 모든 사람을 다 당당하게 대할 수 있습니다. 사회적 신분이 높은 사람 앞에서나, 사회적 신분이 낮은 사람 앞에서나 떳떳할 수 있습니다. 왜? 정직하기 때문에!

정직하다는 것이 이렇게 무서운 무기인 줄 모르고 사는 사람이 많습니다. 오히려 정직한 사람들을 비웃으며 바보 취급하는 것이 오늘의 이 타락한 세상입니다. 거짓된 말이나 거짓된 몸짓이 우리의 조상을 에덴의 낙원에서 추방당하게 하였습니다.

성경의 '창세기' 기록을 다 믿지 못해도 '거짓'이 아담과 이브를 타락케 만든 사실만은 믿으세요. 그들이 하나님 앞에 함께 나아가, "따먹지 말라고 분부하신 그 '선악과'를 우리가 따 먹었으니 우리는 이제 죽어 마땅합니다"라고 이실직고하였으면 하나님께서 우리의 조상을 용서하셨을지도 모릅니다. 그러나 아담과 이브는 거짓말로 하나님과 맞섰습니다. 그리고 변명만 늘어놓았습니다. 오늘의 우리와 비슷합니다.

정직하면 늙어도 걱정 없습니다. 정직하면 병들어도 걱정 없습니다. 정직하면 죽어도 걱정 없습니다. 거짓으로 사는 사람은 우선 먹고 살기가 어렵습니다. 거짓된 인간은 늙으면 큰일입니다. 거짓을 퍼먹고 사는 사람은 죽음을 생각만 해도 덜덜 떨립니다.

정직만큼 무서운 연장은 없습니다.

인간에게 가장 무서운 적은 독재자도 아니고 핵무기도 아닙니다. 영국의 역사가 토마스 칼라일Thomas Carlyle, 1795~1881은 "사람은 태어날 때부터 거짓과는 원수다. Man is a born-enemy to lies."라는 유명한 한 마디를 남겼습니다. 사람의 한평생에 있어서 가장 무서운 적이 다른 사람이 아니고 '거짓말'이라는 일종의 '폭탄 선언'입니다.

학생은 자기를 위해, 좀 더 좋은 성적을 얻기 위해 부정행위를 합니다. 그러면 학생의 자격은 상실하는 겁니다. 교수 중에는 자기를 좋은 학자처럼 보이게 하려는 이기적 욕심 때문에 남의 글을 표절하여 논문을 썼다가 발각되어 교수직에서 물러나야 하기도 합니다. '거짓'은 인간의 삶에 보탬이 되지 않고 오히려 덜떨어진 인간으로 만듭니다. 더 나아가 파멸시키기도 합니다. 거짓은 정말 무서운 원수라고 하겠습니다. 정치인은 한 표라도 더 얻으려고 거짓말과 허망한 공약을 늘어놓습니다. 장사꾼은 한 푼이라도 더 벌기 위해 저울 눈을 속입니다. 그렇게 해서 당선이 되면 뭘 하고 그렇게 해서 큰돈을 벌면 무엇하겠습니까?

우리가 가야 할 길은 우리 앞에 분명히 있습니다. 대한민국이 가야 할 길도 거기에 있습니다.

"내가 세상을 이기었노라"라고 하고 싶거든 먼저 이 괴물 같은 원수부터 소탕해야 합니다. 그 괴물의 이름은 '거짓'입니다.

얼마 전에 CNN이라는 미국의 유명 방송사가 색다른 광고를 보여주었습니다. 처음에는, 사람들이 사과를 보고 아무리 바나나라고 하여도 사과가 바나나가 될 수는 없다는 주장을 펼쳤습니다. 그러더니 그 광고에 바나나를 산더미같이 쌓아 올려놓고 바나나가 사과가 될 수 없다는 주장을 확인했습니다. 그리고 "Facts First"라는 말을 되풀이하였습니다. 바나나 몇 개가 아래로 뚝뚝 떨어지는 모습을 보여주기도 하였습니다. 무엇보다도 사실이 중요하다는 것은 역사를 공부한 나도 전적으로 공감합니다. 그러나 그 많은 사실 모두를 일일이 다 열거할 수는 없고 몇 가지만을 선택해야 하는데 그럴 때는 각자가 지닌 가치관에 따라 관점이 크게 달라지게 마련입니다.

어떤 사람의 한 손가락 끝에 때가 낀 사실은 발견하고 손이 "더럽다"라고 할 수는 있습니다. 하지만 그 사실만을 가지고 그 사람이 더럽지 않은 구석은 없는 것처럼 말한다면 그 것은 크게 잘못된 일입니다. 세수도 제대로 하지 않고 이도

닦지 않고 일체 목욕도 하지 않으면서 손톱만 깨끗하게 다듬으며 매니큐어만 칠하고 다니는 사람을 깨끗한 사람이라고 생각하지 않기 때문입니다.

　외모 가꾸기에만 치중하여 아무리 옷을 잘 입고, 아무리 화장을 잘 했어도 그 사람을 깨끗한 사람이라고 하지는 않습니다. 그를 감싼 그 피부보다도 그 몸 안에 흐르고 있는 피와 정신이 깨끗해야 진정 깨끗한 사람이라고 할 수 있습니다. 진실을 찾기 위해서는 한 가지 사실에 매달리지 않고 여러 가지 사실을 종합하여 판단하는 일이 무엇보다도 중요하다고 나는 믿습니다.

　인생사의 모든 불행과 액운이 믿지 못하기 때문에 생기는 것이 사실입니다. 한 집안이 행복하려면 남편은 아내를 믿고 아내는 남편을 믿어야 합니다. 애당초 서로가 믿지 못할 처지라면 만나지도 말아야 하고 합치지도 말아야 합니다. 그런 결혼을 두고 "고생을 사서 한다"라고 남들이 놀리게 마련입니다.

　행복한 가정의 바탕은 구성원들의 확고한 믿음에 있습니다. 엄마는 딸을 믿지 못하고, 아버지는 아들을 믿지 못한다면 한 지붕 밑에서 같이 살아야 할 아무런 이유도 없습니다. 그리고 서로 믿지 못하면서 한 집에 살면 그런 집이 어김없는 지옥입니다.

내가 말하는 믿음은 집안에 국한된 것이 아니라 사회 전체에 필요한 상호 간의 신뢰를 뜻합니다. 지도자로 선출된 사람이 모두 불신의 대상은 아니지만, 가끔은 약속을 지키지 않는 인간들이 선거라는 민주적 절차를 통해 등장하기도 합니다. 그런 사람들은 말과 행동의 괴리가 너무나 커서 지도자로 믿고 따르기가 어렵습니다.

오늘 전 세계의 정치가 혼란스러운 까닭은 믿음이 없기 때문이라고 나는 확신합니다. 링컨 대통령을 왜 미국 사람들뿐 아니라 세계인이 존경하고 흠모할까요? 그는 정말 믿을만한 지도자였기 때문입니다. 왜 그를 믿을 수 있었을까요? 링컨이 거짓말 안 하는 정직한 지도자였기 때문에 그렇습니다. 사람은 정직한 사람만을 믿습니다. 한국인은 서울 광화문에 가서 세종대왕과 이순신 장군을 바라보며 무엇인가 느껴야 마땅합니다. 두 어른은 한결같이 정직하게 살면서 이 백성을 끝까지 사랑하셨습니다. 그 은혜를 우리는 잊을 수가 없습니다.

누구를 막론하고 사람은 다 떳떳하게 살아야 합니다. 만일 떳떳하지 못한 일을 했다면 아무리 떳떳하게 살라고 해도 그렇게 살 수가 없습니다. 친구의 예쁜 아내를 낚아채 멀리

도망가서 사는 자는 떳떳하게 살 수 없을 겁니다. 며칠만 쓰겠다고 사정하고 빌려간 남의 돈을 갚지 않는 자도 떳떳하게 살기는 어렵습니다.

죄가 있으면 법의 심판을 받고 감옥에 가서 몇 년이건 살고 나와야만 떳떳할 수 있습니다. 그렇지 않으면 사람마다 양심이라는 것이 때때로 고개를 들기 때문에 정상적인 생을 누리기 어렵습니다.

왜 사람 사는 세상이 이토록 시끄러울까요? 그것은 잘못을 저지르고도 그 잘못을 시인할 수 없을 만큼 '철면피'가 많기 때문일 것입니다. 양심이 마비된 것이 아니라 얼굴에 철판을 깔았기 때문에 아무런 가책도 느끼지 않는 겁니다. 그러나 인간의 절대 다수는 '철면피'가 되기 어렵습니다. 철면피까지는 아니더라도 대개 위선자 행세를 하기도 하고 마음먹고 뻔뻔한 사람이 되는 것입니다. 떳떳하게 사는 사람들의 모임은 이 지구상에 마련된 일종의 천국이라고 할 수 있을 겁니다. 나는 우리나라에도 떳떳한 사람들이 살아 있고 그런 이들의 모임이 있음을 감격스러운 눈으로 바라봅니다. 이 시대를 그런 분들과 함께 산다는 사실에 커다란 긍지를 갖습니다.

한 반에 학생이 수십 명 되는데 그중에서 1등을 하기는 어렵습니다. 시험 때마다 100점을 받기는 더욱 어렵습니다. 그러나 답안지에 아는 것만 쓰고 모르는 건 안 쓰면 됩니다. 꼭 1등을 해야 하는 것도 아니고 100점을 받아야 하는 것도 아닙니다.

1등 하면 칭찬도 받고 상품을 받고 아빠, 엄마가 자랑스러워하니까 1등이 좋기는 합니다. 그렇다고 해서 1등을 하려고 부정행위를 한다면 그게 무슨 가치가 있습니까? 부정행위를 하다가 들키면 정학이나 퇴학을 당하게 되는데 그것은 차마 못할 일입니다. 옆의 학생의 답안지를 곁눈질하면서 그 답을 자기 답안지에 옮겨 적는다는 것은 어려운 일입니다. 그러나 아주 쉬운 자세로 시험에 응하면 성적은 그리 좋지 않아도 제 점수를 받을 수 있는 것 아닙니까?

타고난 DNA가 문제일 뿐이니, 학교 성적은 나빠도 재능만 있으면 그 방면으로 나가서 크게 성공할 수 있습니다. 토마스 에디슨(Thomas Edison, 1847~1931)의 학교 성적은 형편없었다고 합니다. 그러나 그는 발명왕이 되어 만인의 추앙을 받는 위대한 인물이 되었습니다. 삼성의 이병철 회장은 일제 시대에 덕수국민학교에 다녔는데 성적이 꼴찌에서 그리 멀지 않다고 〈자서전〉에서 회고했습니다. 세상이란 그런 겁니다.

공부를 열심히 하지 말라는 뜻은 결코 아닙니다. 내가 부탁하는 것은 지나치게 성적을 중시하지는 말라는 뜻입니다. 공부는 제대로 하지 않고 성적은 잘 받으려는 아이들은 장차 부정 공무원이 되고, 회사 돈을 몰래 빼돌려 유흥비로 탕진하는 회사원이 되고, 그런 아이가 장차 정치인이 되면 한 나라의 정치가 오늘의 한국 정치처럼 너절하게 될 수밖에 없습니다.

각급 학교의 교사들은, 자신들에게 배우는 아이들을 '좋은 대학'에 입학시키지는 못해도 자기에게 아무리 유리해도 거짓말은 절대 하지 않는 '약간 모자라는 아이들'로 키워주었으면 고맙겠습니다. 바꾸어 말하자면, 거짓말은 절대 못 하는 '바보스러운 아이들'이 돼도, 나라는 훌륭하게 될 것이라는 확신을 나는 갖고 있습니다. 그런 사람들이 큰일을 할 수 있는 위대한 대한민국이 곧 될 것이라고 나는 믿습니다.

진실된 사랑이란 어떤 것일까요**?**

누구나 진실된 사랑을 하고 싶어 합니다.
사랑의 아름다움에 감동하고 싶은 마음은 늘 간절합니다.
그러나 사랑의 진실을 분별하기는 쉽지 않습니다.
래서 사랑에 실망하고 상처받곤 하지요.
진실된 사랑이란 어떤 것을 가리키는 것인가요?
이 시대에는 어디 가야 진실된 사랑을 만날 수 있을까요?

자녀들에 대한 부모의 사랑에는 거짓이 없습니다. 아들·딸을 사랑하지도 않으면서 사랑하는 척하는 아버지나 어머니는 아마도 이 세상에 한 사람도 없을 것입니다. 한 남자와 한 여자가 결혼할 때 그 두 사람 사이의 사랑은 진실된 것이라고 나는 믿습니다. 자식을 낳고 부모가 되어 살아야 할 미래를 생각할 때 사랑하지도 않으면서 결혼을 할 마음이 생기겠습니까?

인류 역사를 돌이켜 볼 때, 영토나 왕위를 노리고 정략적인 결혼을 하는 경우가 종종 있었습니다. 대부분 왕의 자리나 결혼에 따른 이익을 추구하는 것이 그 목적이었을 뿐 배우자에 대한 사랑으로 이루어진 결혼이 아니었습니다.

우리나라에서도 재벌들끼리 혼사를 맺는 일이 비일비재하고, 권력을 가진 집안이 재력이 있는 집안과 사돈 관계가 되는 경우도 많이 보았습니다. 그러나 많은 결혼이 부부 두 사람의 사랑이 뒷받침되지 않기 때문에 파경의 비운으로 끝나기도 합니다.

요즈음은 남녀의 사랑에는 진실이 있기 어렵다는 비관적인 생각으로, 결혼 같은 복잡한 수순을 밟지 않고 동거만 하는 사람도 상당수 있다고 들었습니다. 그러나 세월이 흘러 나이가 들어가면서 그렇게 허송세월한 젊은 날들을 후회하는 경우도 많습니다. 생리적으로 전혀 다른 한 남자와 한 여자의 사랑이야말로 하나의 진솔한 예술입니다. 그래서 결혼을 하고 가정을 이루고 사는 일 또한 예술이어야 한다고 나는 믿고 있습니다.

나는 내가 결혼 주례를 하는 경우, 두 사람이 커다란 캔버스 앞에 붓을 들고 함께 그림을 그리거나 두 사람이 대리석한 덩어리를 놓고 함께 조각가가 되어 작품을 만들려는 예술가의 정신을 가지고 가정을 이루어야 한다고 강조합니다. 그림이건 조각이건 예술가적인 숭고한 정신을 가지지 않고는 가정이라는 훌륭한 작품을 만들어낼 수 없습니다.

나는 주변에서 진실한 사랑으로 일구어낸 가정들을 보면서 인류가 머지않아 멸망할 것 같다고 말하는 거짓 선지자들의 예언을 반박합니다. 순수하고 고결한 사랑이 존재하는 한 인류의 미래에는 희망이 있습니다.

작자 미상의 이런 시조가 한 수 있습니다.

사랑이 어떻더냐 둥글더냐 모 나더냐
길더냐 짧더냐 밟고 남아 자(尺)일러냐
하그리 긴 줄은 모르되 끝간 데를 몰라라

사랑을 준 적도 받은 적도 없는 사람에게 "사랑이 어떻더냐"라고 묻는 것은 실례일 수 있습니다. 사랑의 경험이 전혀 없는 사람에게 사랑에 관한 질문을 하면 대답할 수 없기 때문입니다. 사랑은 누구에게서 먼저 배우게 되는가? '아버지·어머니에게서'가 정답입니다. 부모의 사랑을 전혀 모르고 성장한 사람들을 세상에서 가장 불행한 사람들입니다. 문명한 나라의 종교들은 그래서 고아를 돌보는 일에 정성을 쏟습니다.

그러나 사람은 어느 나이가 되면서부터 이성에 대한 사랑으로 뜨거워집니다. 이런 처지에 놓인 젊은 남녀는 눈에 보이는 게 없습니다.

치정癡情은 정상적인 사랑이 아니고 일종의 열병이기 때문에 올바른 치료를 받지 못하면 그 열병 때문에 신세를 망칠 수도 있습니다. 부모의 사랑도, 이성의 사랑도 모두 '이웃 사랑'을 익히기 위한 준비에 지나지 않는다고 나는 생각합니다. 부모도 떠나고 애인도 떠나고 사람은 노년을 맞이하게 됩니다. 부모의 사랑도 이성의 사랑도 아득한 추억으로만 가슴 한 구석에 남아 있을 때 이웃에 대한 사랑이 늙은이들의 초라한 삶을 매우 활기차게 밀어줍니다. 어제도 오늘도 내일도 별로 멀지 않은 곳에 자리 잡고 있습니다.

사랑만이 '영원'을 느끼게 하는데 '이웃 사랑'이 특히 그렇습니다. '영원Eternity'은 오늘 하루에 있다고 나는 믿습니다. 이웃을 사랑하면 율법律法도 즐겁습니다.

기생 명옥이 읊었다고도 하고 일설에는 매화가 지었다고도 하는 다음과 같은 시조 한 수가 있습니다.

꿈에 뵈는 님이 신의 없다 하건마는
탐탐이 그리울 제 꿈 아니면 어이 뵈리
저 님아 꿈이라 말고 자조 자조 뵈시소

사랑하는 임을 그리워하는 한 여인의 간절한 마음이 듬뿍 담겨 있는 사랑의 노래라고 여겨집니다. 따지고 보면 꿈처럼 허무한 것이 없지요. 좋은 꿈을 꾸다가 무슨 일로 그 꿈에서 깨어난 사람은 그 아쉬움이 더할 나위 없을 겁니다.

내가 알기로는, 춘원 이광수가 해방 후에 복잡다단했던 자기의 삶을 돌이켜 보면서 〈조신의 꿈〉이라는 작품을 하나 썼다고 합니다. 읽은 지 오래되어 기억이 다소 희미하지만, 어떤 스님이 꿈속에서 엄청난 유혹에 직면하였다가 깨어나 정신을 차리게 되는 줄거리의 소설이었던 같습니다. 그런 흉악한 꿈에서는 되도록 빨리 깨어나는 일이 바람직하지만, 그 상대가 사랑하는 사람이라면 헤어지고 싶지 않을 것은 당연합니다.

신의가 있다고 '믿을 만한 임'이 많지도 않은 속된 세상이지만, 그렇게만 생각한다면 인생이 너무도 허무합니다. 그래서야 무엇을 믿고 살아가겠습니까? 훌륭한 임은 꿈속에서뿐만 아니라 평상시에도 신의가 있다고 나는 믿습니다. 기생들의 삶 속에 만난 남성들이 극소수를 제외하고는 모두 신의가 없을 것 같습니다. 그런 중에도 매우 신의가 두터운 남녀의 사랑이 있을 수 있겠지요.

나는 이 시조를 읊은 기생의 매우 신실한 사랑에 경의를 표합니다. 그래서 사랑은 언제나, 어디서나, 누구에게 있어서나 괴롭지만 아름다운 것이라고 말하고 싶습니다.

영어로 "Thank you."라고 하는 말은 나라마다 표현이 조금씩 다르긴 하지만 내용은 같은 것입니다. 그들은 누가 자기에게 조그마한 친절을 베풀어도 그에 대하여 "고맙습니다"라는 말을 틀림없이 던집니다. 어쩌면 "Thank you."라는 한마디가 오늘의 서구 사회를 건설하는 데 은연 중에 많은 도움을 주었을 것이라고 생각합니다. 조그마한 선한 행위에 대하여 "고맙습니다"라는 말을 듣는 것과 안 듣는 것은 상대방의 심리 상태에 엄청난 영향을 미칩니다.

고맙다는 말이 나오지 않을 상황에서 그 말이 나오면 "위선이다"라고 얼굴을 찡그리는 사람도 많지만 경우에 따라서는 그 말이 진실일 수도 있습니다. 그래서 함부로 심판하지는 않아야 한다고 믿습니다.

6·25전쟁 때 어떤 공산당 청년의 고자질 때문에 자기의 아들을 잃어버린 손량원 목사는 아들을 잡혀가게 한 그 공산당 청년을 미워하지 않고 오히려 자기의 양자로 삼아 그 청년을 살려주었습니다. 그 미담은 〈사랑의 원자탄〉이라는 책에 언급되어 있습니다. 그런 사실을 놓고 사람이 어떻게 그럴 수가 있겠는가 하여 손 목사를 위선자로 완전히 매도하는 자들

도 있었습니다. 그러나 그것이 그의 진실이었기 때문에 손 목사가 '사랑으로 원수를 갚은' 사실은 온 세계에 큰 미담으로 알려졌습니다. 그리고 손 목사는 20세기의 성자라고 불리기도 하였습니다.

남의 친절에 대하여 감사하다고 하는 것은 상식에 속한 일이지만 그 사랑이 진실이어서 원수도 사랑할 수 있을 때 그 사랑은 더욱 빛나는 것이라고 믿습니다.

나의 아버지는 중키에 매우 단정한 용모를 지닌 분이셨습니다. 나는 아버지보다는 어머니를 많이 닮은 아들로 태어난 것이 확실합니다. 면장이던 아버지께서는 내가 태어나던 새벽에 출장 중이셔서 나의 탄생을 보지 못하셨답니다.

이튿날 산모와 신생아를 보고, "당신 정말 큰 수고했어요"라고 칭찬해 주셨다며 어머니는 자랑삼아 여러 번 말씀해 주셨습니다. 내가 종이 한 장에 한시를 한 수 적어놓은 것을 보시고, "어떤 놈이 글씨를 이따위로 썼느냐, 읽을 수가 없다"라고 비난을 하셨답니다.

옆에 계시던 어머니께서, "거 동길이가 써놓은 건데"라고 하시니 아버지는 단박 표정이 달라지시더니, "읽기는 좀 어렵지만 글씨는 참 잘 썼다"라고 하셨답니다. 어머니는 아버지의 그런 편견을 비웃으셨습니다.

김상협 전 고려대학교 총장은 내가 펴낸 책 〈대통령의 웃음〉에 수록된 우스갯소리 중에서 '자구새끼 챙이'라는 것을 가장 재미있게 읽었다고 하셨습니다.

옛날 시골 장터에 한 젊은 엄마가 못생긴, 아주 못생긴 아들을 업고 나타났는데 장터에 모인 많은 사람이 그 아이를 '쓴 오이 보듯' 보고 지나가더랍니다. 그런 차에 훤칠하게 생긴 장돌뱅이 한 사람이 지나가다 등에 업힌 그 아이를 보고 "야, 그놈 잘 생겼다. '자구새끼 챙이'처럼 생겼구나"라고 하였답니다.

"잘 생겼다"라는 그 한 마디에 감격한 이 젊은 엄마가 그 칭찬한 장돌뱅이를 자기 집으로 초대하면서 "점심이라도 들고 가세요"라고 하였답니다. 아들 칭찬에 크게 감동한 이 엄마는 닭 잡고 제비국 끓여 극진히 대접하고 보냈답니다. 그런데 저녁에 신랑이 돌아왔기에 자초지종을 다 고해 바치며 칭찬받은 감격을 되새겼답니다.

"그 장돌뱅이가 뭐라고 했는데?" 남편이 물었습니다.

"자구새끼 챙이처럼 잘 생겼다."

그때 남편이 얼굴을 붉히며 이렇게 야단을 쳤습니다.

"그게 무슨 뜻인지 당신 몰라? '자구새끼'는 평안도 사투리로 먹자구개구리 새끼라는 뜻이니 못생겨도 되게 못생겼다는 뜻이야."

부모의 편견 때문에 못생긴 아들·딸도 살아남게 됩니다. 아버지나 어머니가 그런 편견을 가졌기 때문에 우리의 생존이 가능했던 것입니다.

중국의 어느 대학 교수 한 사람이 강의실에 들어설 때는 반드시 할머니 한 분을 모시고 와서 맨 뒷자리에 앉힌다고 합니다. 그 할머니가 학생일 리는 없고 무슨 사연으로 그 강의실에 들어와 앉게 되는 것일까 모르는 사람은 다 궁금할 것입니다. 그 할머니는 치매에 걸린 그 교수의 친어머니였습니다. 그 얘기를 처음 들었을 때 내 눈에 눈물이 핑 돌았습니다. 치매에 걸린 노모를 맡길 시설이 없는 것은 아니었을 겁니다. 그러나 그 노모가 아들을 바라보며 아들과 함께 있는 것을 가장 만족스러워 하기 때문에 그 교수는 노모를 모시고 강의실에 들어오는 것이 틀림없었습니다.

병든 노모를 두고 유학길을 떠나 먼 나라에서 외롭게 지낸 경험이 있습니다. 내가 유학하던 시절에는 국제 전화 하기가 하늘에 별 따기여서 서울 계신 어머니의 안부를 알아볼 길이 없었습니다. 내가 살던 기숙사 창밖에 서 있던 커다란 느티나무에 참새 떼가 모여서 재잘거리던 새벽이 있었습니다. 멀리 떠나 있는 아들의 마음에는 근거 없는 공연한 근심이 엄습했습니다.

"혹시 어머니 지병이 갑작스레 악화된 것이 아닐까"하는 그런 근심이 온종일 나를 괴롭히는 것이었습니다.

치매에 걸린 노모를 모시고 강의실에 가서 강의를 하면서 치매에 걸린 어머니 얼굴을 바라볼 수 있는 아들은 행복한 아들이라고 생각하였습니다. 어려서 배우는 중국 시에 이런 내용이 있습니다.

나무는 조용하게 있기를 바라나
바람이 멎어주지 않고
자녀는 어버이를 섬기고자 하나
어버이가 기다려 주지 않는다

부모와 자식 사이의 사랑처럼 진실되고 아름다운 것은 없다고 생각합니다.

여러 해 전에 공자묘에 찾아가, 그의 무덤 위에 세운 큰 비석에 금이 간 것을 내 눈으로 보았습니다. '문화혁명' 때 공자(孔子)는 중국 역사의 반동분자로 낙인찍혔습니다. 그때 홍위병들이 달려들어 공자의 묘를 파버리려고 했으나 비석에 금만 가고 분묘는 건드리지 못했다고 합니다.

나를 놀라게 한 것은 공자의 묘역이 200만 평이나 된다는 사실입니다. 또 공씨 성을 가진 사람은 세계 어디서 살다가도 원하면 그 묘역에 묻힐 수 있다는 사실입니다. 그러나 시집간 공씨 집안 딸은 안된다는 겁니다. 물론 그곳까지 거리가 하도 멀어서 단념하는 공씨도 많답니다. 아마도 200만 평의 묘역을 가진 사람은 공자를 빼고는 전 세계 어디에도 없을 겁니다.

공자의 가르침을 한 마디로 요약하면 무엇일까요?

나는 "이웃을 사랑하라"라는 '인(仁)'이 아닐까 생각합니다. '삼강오륜'의 근본을 사랑입니다. 그의 그 가르침 덕분에 한국인이라는 문화민족이 한반도에 삽니다. 가정과 서당과 사회와 국가의 기본이 그가 가르친 윤리와 도덕을 바탕으로 형성되었습니다. 그래서 퇴계 이황과 율곡 이이가 존경받는 이 나라의 선비이고 기독교는 아직 그런 위인을 이 역사 속에 배출하지 못했습니다. 그래서 한국인은 중국인들보다도 오히려 유교적인 국민이라고 하겠습니다. 공자께서 문밖에 오셨다면 나는 맨 먼저 달려가서 그의 손을 잡고 인사하겠습니다. 진실한 사랑을 강조한 분이니까요.

영국 시인 윌리엄 블레이크가 이렇게 노래했습니다.

사랑을 고백하려 애쓰지 마오

Never seek to tell thy love

사랑이란 말로는 안 되는 것

Love that never told can be

부드러운 바람은 불어오는 것

For the gentle wind does more

소리 없이 그리고 보이지 않게

Silently, invisibly

결혼은 시끄럽게 치루지만 사랑은 조용하게, 남모르게 싹이 트고 잎이 돌아나는 법입니다. 두 나무가 거리를 두고 따로 서 있지만 그 뿌리는 땅속에서 오랜 세월 상대방을 향해 조금씩 조금씩 뻗어 나가서 결국은 서로 얽히는 것이 아닐까요? 나는 블레이크의 시를 그렇게 이해하고 살아왔습니다.

사람으로 하여금 인생을 정말 심각하게 느끼게 하는 것이 우리 삶에 두 가지가 있습니다. 하나는 사랑이고 또 하나는 죽음이라고 합니다. 죽음은 누구에게나 찾아오는 것이지만 사랑은 누구에게나 찾아오는 것은 아닙니다. 그러나 사랑과 죽음이 그 심각함에 있어서는 다를 바가 없습니다. 죽음이나 사랑이 꼭 같이 절실한 느낌을 주는 것이 사실입니다.

단테가 일러준 대로, 사랑이 문을 두드릴 때는 열어 줄 용기도 있어야 한다고 나는 믿습니다.

책임과 희생의 한계는 어디까지일까요

자기가 한 말이나 행동에 대해 책임을 져야 하고
남을 위한 희생도 해야 한다고 합니다.
그러나 어느 선까지 책임을 져야 하고 얼마 만큼 희생을 해야 할까요?
정말 무한 책임이나 목숨을 내놓는 희생이 필요한 것인가요?

사람은 매우 이기적인 동물이어서 '남'을 위해 살지 않고 '나'를 위해 삽니다. 그러므로 인간은 누구나 이기주의자라고 해도 틀렸다고 하기 어렵습니다.

예전에는 담임선생을 모시고 학급 전체가 단체 사진을 찍는 것이 모든 초등학교의 관례였습니다. 사진을 인화해서 한 장씩 나눠주면 그 사진을 받아들고 먼저 담임선생 얼굴이 잘 나왔나 확인하는 어린이는 한 사람도 없고, 모두가 제 얼굴을 먼저 찾고 제 얼굴이 잘 나왔으면 사진이 잘 됐다고 합니다.

또 제 얼굴이 마음에 안 들면, "무슨 사진을 이따위로 찍었어!"하며 사진사를 비난합니다. 자기 얼굴을 한참 들여다보고 난 뒤에야 친구들의 얼굴을 찾습니다.

사람이란 이기주의로 똘똘 뭉친 야박한 동물인건 분명하지만 그러기에 자아(自我)를 찾고 '나'에 대한 책임을 지는 이른바 인격을 형성하게 되는지도 모릅니다. '나'를 소중히 여길 줄 모르는 사람이 어떻게 '남'을 정중하게 대할 수가 있겠습니까? 매우 어려운 일을 당했을 때도, "가족 때문에 죽으려야 죽을 수도 없다"라고 털어놓는 '신사'를 가끔 봅니다.

"나 죽으면 내 아내와 아이들은 뭘 먹고 삽니까? 뉘가 먹여 살릴 겁니까?"라고 한탄하면서 '자살'도 못하겠다는 사람도 가끔 나타납니다. 남편은 아내를 위해, 아내는 남편을 위해 산다는 단란한 가정도 가끔 있습니다. 아들·딸을 위해 산다는 부모는 수두룩합니다.

정치인 중에는 "나는 나라를 위해 삽니다"라고 헛소리하는 협잡꾼도 상당수 있다는 걸 내가 압니다.

"나는 나라를 위해 목숨을 바치겠습니다"라고 호언장담하는 자도, "나는 나라를 위해 내 집을 한 채 바치겠습니다"라고 말하는 놈은 본 적이 없습니다.

입으로는 연상 "주여, 주여"하면서, "십자가에 달리신 예수를 생각하면 내가 어떤 고난인들 견디지 못하겠습니까?"라고 큰소리치던 성직자가 친구의 땀 묻은 돈을 가로챈 일도 있었습니다. 그런 협잡꾼이 교회 안에 한둘이겠습니까? 내가 잘 아는 사람도 당했습니다. 누구를 위해 살 것인가? 한번 진지하게 생각해 보세요. 그래야 할 때가 온 것 같습니다. 가을입니다.

부모는 자녀를 위해 기쁜 마음으로 희생합니다. 만일 아빠·엄마가 "내가 왜 너희 때문에 희생을 하느냐? 살든 죽든 너희가 알아서 해라"라고 하며 아들·딸을 돌보지 않는다면 살아남을 자녀가 과연 몇이나 되겠습니까? 우리는 오늘 생존할 수 없을 겁니다.

어느 나라에서나 거창한 토목공사가 하나 완공되면 희생된 노무자가 여러 명 생깁니다. 경부고속도로가 1968년 착공되어 1970년 완공됐는데, 추풍령에는 희생자들을 추모하는 위령탑이 세워졌습니다.

숫자를 기억 못하지만 희생자 수가 엄청 많았습니다. 영국의 도버에서 프랑스의 칼레까지 해저터널로 해협을 건넌 적이 있습니다. 터널을 통과하는 기차를 타면 35분 동안 해저를 달리고 런던서 파리까지 세 시간밖에 걸리지 않습니다.

내가 그 기차를 탄 것은 아마도 터널이 완공된 후 1년쯤 되었을 때였던 것 같습니다. 나의 옛날 노트에, 그 공사는 7,000명 노무자가 동원되어 7년만인 1994년에 완공되었다고 적혀 있습니다. 공사비는 총 140억 달러. 영국의 대처 수상과 프랑스의 미테랑 대통령이 만나서 결정한 일이라고 합니다. 하지만 두 나라가 하도 여러 번 전쟁을 하였기 때문에 안보와 국방을 고려하여 주저하기도 하였답니다. 이 해저터널 공사의 희생자는 열한 명이라는데 영국인 아홉 명과 프랑스인 두 명이라고 합니다.

희생 없이 되는 일은 없습니다. 이순신과 윤봉길의 고귀한 희생이 없었다면 아마도 오늘의 대한민국은 존재하지 않을 겁니다. 2,000년 전에 요단강에서 세례를 주던 요한은 세례를 받기 위해 자기를 찾아온 예수를 보고, "보라, 세상 죄를 지고 가는 하나님의 어린 양이로다"라고 하였습니다.

'세상 죄'는 지구상의 모든 인간의 모든 죄를 뜻하는 것이니 정말 놀라운 이야기입니다. 한 사람이 인류의 모든 잘못에 대하여 전적으로 책임을 지고 희생양으로 그 목숨을 버린다는 뜻이니 감격스럽습니다. 크리스천은 그런 감동을 가슴 속 깊이 간직하고 하루하루를 살아가는 평범한 사람입니다. 그런 감동이 개개인으로 하여금 자기의 잘못, 자기의 죄를 절실하게 깨닫게 합니다. 용서를 받은 사람이 그 죄를 되풀이하면 그 사람은 사람 구실을 못하게 됩니다.

자기의 잘못에 대하여 책임을 지려고 하지 않는 인간과는 인생을 논할 수도 없고 친구가 될 수도 없습니다. 미혼의 여자가 애를 가졌다고 합시다. 만일 상대한 남자가 "제 책임입니다"하고 나서서 정식으로 책임을 지면 문제는 없습니다. '속도 위반' '차선 변경' 같은 것은 도로교통법상의 중죄가 아니므로 처벌이 가볍습니다. 그러나 '뺑소니'는 중죄로 다스립니다.

우리가 젊었을 때 '젊은이의 양지'라는 미국 영화가 상영되어 감명 깊게 관람한 기억이 있습니다. 이 영화의 원작은 미국 작가 시어도어 드라이저Theodore Dreiser, 1871~1945의 〈미국의 비극An American Tragedy〉이라는 소설입니다.

줄거리는 대충 이렇습니다. 시골서 올라온 한 청년몽고메리 클리프트 분이 같은 공장에서 함께 일하는 시골 처녀도나 섬머 분와 사랑에 빠져서 그 처녀가 애를 갖게 됩니다. 그러나 그 회사 사장의 어여쁜 딸엘리자베스 테일러 분이 잘 생긴 이 시골 청년을 사랑하게 됩니다. 이 청년은 사장의 사위가 되고 싶어 시골 처녀를 뱃놀이에 유인하여 물에 빠져 죽게 합니다. 결국 발각되어 살인죄로 전기의자 신세를 지게 됩니다. 사형장으로 끌려가면서도 이 청년은 자기가 무엇을 잘못했는지 잘 모릅니다.

작가 드라이저는 그것을 '미국의 비극'이라고 말하고 싶었던 것입니다. 각자가 책임을 질 줄 알면 이 세상은 훨씬 살기 좋은 세상이 될 것입니다.

"내 탓이오, 내 탓이오, 내 탓이오"하며 자기 가슴을 치는 '캠페인'은 우리 사회에 꼭 필요한 것이라고 믿습니다.

일본에는 명산名山이 100개 이상이나 있답니다. 그중에서도 인기가 높은 산이 가미고지上高地로, 3월에서 11월까지만 관광객·등산객을 받는데 연간 130만 명이 다녀간다고 합니다. 가미고지는 3,000미터가 넘는 산이라 등산이 쉽지 않고, 조난 사고도 가끔 생긴다고 합니다. 일본 도쿄대학교 의과대학의 학생 몇이 의료진을 구성하여 해마다 산에 진료소를 마련하여 등산 중 건강에 이상이 생긴 등산객을 돌보아 준다고 합니다. 그런데 멤버는 바뀌어도 그 전통은 이어져 이미 수십 년 한 번도 거르지 않고 이 일을 계속하고 있답니다. 아무런 보수도 받지 않고 다만 희생과 봉사의 정신으로! 이 젊은 의학도들 덕분에 목숨을 건진 사람도 여럿 있다니 그들에게는 생명의 은인이 아닙니까?

사람들이 슈바이처를 우러러보는 까닭은 그가 아프리카의 가난한 사람들을 찾아가 마치 백인들의 죄악을 대속代贖이나 하듯 자기 희생을 서슴지 않았기 때문이랍니다. '예수전傳' 연구의 권위자였던 그는 유럽의 어느 신학교에서라도 교수가 되어 편하게 살 수 있었지만 그런 기회를 포기하고 아프리카로 갔습니다.

가난한 흑인들을 위하여!

그는 저명한 오르간 연주자로 특히 바흐에 대한 해박한 지식을 가지고 있었습니다. 하지만 음악가의 길을 포기하고 의사가 되기 위해 의과대학에 진학했습니다. 그가 의사가 된 것은 아프리카의 불쌍한 환자들을 돌보기 위해서였지 개인 병원을 차리고 개업을 하거나 의과대학의 교수가 되기 위한 것이 아니었습니다. 그는 탁월한 재능을 타고난 사람이었으므로 무슨 일을 해도 성공할 수 있었으리라고 믿습니다. 그러나 그는 그 모든 영광의 길을 다 버리고 아프리카 흑인들의 종이 되어 평생을 보냈습니다. 그는 그렇게 살기 위해 버린 것이 너무 많습니다. 가난한 선교사로 가난한 한평생을 그는 살았습니다. 그가 20세기의 인류 중에 가장 존경받는 인물이었음을 누구도 부인할 수 없을 겁니다.

나는 오늘도 슈바이처 앞에 고개를 숙입니다. 그를 존경하는 사람이 나만은 아닐 겁니다. 그리고 희생이 사랑 없이는 불가능하다는 것을 모르는 사람은 없을 것입니다.

편견을 피해야 하는 이유는 무엇인가요 ❓

우리는 수많은 편견 속에 살고 있습니다.
가까운 사람들 사이에도 편견이 끼어들어 오해를 불러오기도 합니다.
그렇지만 편견도 각기 다른 개개인의 생각과 의견 아닌가요?
생각의 자유는 중요하다고 하면서
굳이 편견만은 피해야 한다고 하는 이유는 무엇인가요?

미국의 마틴 루터 킹Martin Luther King, 1929~1968 목사는 흑인들로 하여금 타고난 인권을 되찾을 수 있게 하기 위하여 모진 핍박과 고난을 다 겪으며 투쟁했습니다. 그러다 악한의 총에 맞아 쓰러졌는데 그때 그는 아직 30대의 젊은이였습니다. 이후 그와 그의 동지들이 목숨을 걸고 싸워서 얻은 공민권법이 미국 의회를 통과했으니 백인이 흑인을 차별하는 일은 뿌리가 뽑혔어야 마땅합니다.

하지만 아직도 미국 사회는 인종 차별 문제 때문에 엄청난 시련을 겪고 있습니다. 그 근본적 원인은 백인들의 우월감에 있습니다. 물론 그 옛날 미국에 팔려온 노예의 대부분이 흑인이었습니다. 하지만 그들이 단지 피부색이 다르다는 이유로 인간적 차별을 받아야 한다는 것은 매우 이치에 어긋나는 일입니다.

흑인 대통령이 나오기도 하였지만 여전히 백인들이 피부색 때문에 흑인을 천대한다는 것은 용서할 수 없는 일입니다. 흑인은 이렇게 부르짖고 있을 겁니다.

"나는 흑인으로 태어나기를 원치 않았지만 나의 엄마가 나를 흑인으로 낳았으니 어찌할 도리가 없는 것 아닌가!"

반유대주의자 히틀러는 단지 유대인이라는 이유로 그들을 학살하고 전멸시키려고 하였습니다. 그리하여 그는 손꼽히는 역사의 죄인으로 남게 되었습니다. 유대인을 부모로 가졌기 때문에 유대인으로 태어난 사실을 어쩌라는 겁니까? 그렇게 무리한 일이 세상에 또 있겠습니까?

차별과 편견을 없애는 교육은 가정에서부터 시작하고 실천해야 합니다. 옛날 우리 사회에서도 양반이 양반 아닌 사람들을 차별하고 무시하였습니다. 그 양반들이 먹고 사는 식량은 누가 가꾸고 키운 것이었습니까?

인도에는 아직도 카스트 제도가 있어서 태어나면서부터 브라만이 있고 불가촉천민이 있어 차별을 하고 있으니 그런 사회는 결코 정상적으로 발전하기는 어려울 것입니다. 편견 없는 세상을 만들기가 이렇게도 어렵습니다. 그래서 편견이 더 무서운 것입니다.

편견이라는 한 마디는 우선 인종 차별을 머리에 떠올리게 합니다. 1950년대에 인디애나 같은 미국 중서부의 소도시에 공부한 경험이 있는 사람들은 그 시절 백인들의 흑인에 대한 편견이 어떠했는지를 잘 알고 있을 겁니다. 백인들이 들어가는 공중화장실과 흑인들이 사용하는 공중화장실이 따로 있어서 흑인은 아무리 위급한 상황이어도 백인 화장실에 뛰어들어갈 수 없었습니다. 이발소도 그랬습니다. 동양인도 유색(Colored) 인종에 속하지만 흑·백 사이에서 어느 정도 백인에 가깝게 대접을 받았습니다. 하지만 당시의 흑인들을 생각하면 지금도 만감이 교차합니다.

우리나라에서도 벼슬한 사람들과 그의 일가가 부당한 우월감을 가지고 '아랫것들'을 대하였습니다. 그래서 양민들의 피해는 이만저만이 아니었습니다. 그걸 참고 살아야 했던 서민들의 고통은 말로 표현하기 어려웠을 것입니다. 힘센 사람의 우월감 못지않게 꼴 보기 싫은 것이 배운 사람들의 교만입니다. 그 교만 때문에 배운 사람들이 편견을 가지고 배우지 못한 사람들을 업신여깁니다. 자기는 누구 덕에 대학에도 다니고 해외 유학도 할 수 있었는가요? 그를 위해 고생한 사람들은 그의 부모만이 아닙니다. 이 사회 전체가 도움을 준 것입니다. 공부한 우리는 공부 못한 이들에게 경의를 표해야 마땅합니다.

교만에 뿌리를 키운 편견이 인간의 삶을 어지럽게 만듭니다. 편견 없는 큰 인물들의 등장을 우리는 고대하고 있습니다.

사람들이 살다가 이런저런 경우에 자연적으로 만들어진 말이 속담입니다. 그러므로 따지고 보면 이치에 어긋난 속담도 많습니다.

그런 잘못된 속담 중 하나가 "누워서 식은 죽 먹기"입니다. 이와 비슷한 속담으로 "땅 짚고 헤엄치기"라는 것도 있습니다. 그러나 한번 허심탄회하게 이 속담들을 따져 봅시다. 뜨거운 죽은 먹다가 입을 델 우려가 있기 때문에 식은 죽을 좋아하는 것은 있을 수 있는 일입니다. 그런데 그 속담 중 '누워서'라는 한 마디는 엉터리입니다. 누워서 음식을 먹다가 사래가 들면 여간 낭패가 아닙니다. 누워서 죽을 먹는 것은 더 어려워서 어쩌면 사람 잡는 일이 될지도 모릅니다. 수영을 해 보지도 않은 사람이 만들어 낸 어리석은 속담이 "땅 짚고 헤엄치기"입니다.

왜냐하면 수영은 땅을 짚고 할 수가 없기 때문입니다. 물에 떠서 가는 것이 수영이고 땅을 짚고 가는 것은 수영이 아닙니다. 땅을 짚고 수영을 하다가는 숨이 막혀 익사할 수밖에 없을 겁니다. 어떤 사람이 그런 말도 안되는 속담을 만들어 수영하려는 사람들을 어리둥절하게 만드는지 반성해볼 여지가 있다고 나는 생각합니다.

모든 속담은 다 옳은 말을 담고 있다는 생각도 편견입니다. 편견 때문에 그런 어리석은 속담들에 속아 넘어가지 말고, 식은 죽도 앉아서 먹고, 수영은 날렵하게 물을 헤치며 적당하게 호흡을 해야 합니다. 제발 어리석은 사람이 되지 않기를 간곡히 당부하는 바입니다.

어떤 재치 있는 이가 미국·독일·일본·한국 네 나라의 국민성을 매우 그럴듯하게 평가하였습니다. 구인(求人) 광고를 보고 찾아온 젊은이에게, 미국의 경우, "자네 이 일을 할 수 있겠나?"라고 묻는답니다. 이런 사회는 젊은이의 능력이나 잠재력을 중요시한다고 생각됩니다.

독일의 경우 먼저 구직자의 경험을 따집니다.

"자네 이런 일을 해본 적이 있나?" 매우 용의주도한 질문으로 이 사람의 능력이 얼마나 입증이 되었는지 알고 싶어하는 것이고, 경험이나 경력이 많이 존중되는 사회라고 할 수 있겠습니다.

그러나 일본의 경우는 아주 다릅니다. 면접을 시작할 때 첫 질문이 "자네 무슨 대학을 나왔나?"라고 합니다. 일제 시대에는 도쿄 제국대학교 출신이 관직의 높은 자리를 다 차지했고 와세다 대학교나 케이오 대학교 출신은 숨도 제대로 쉬지 못했습니다.

한국의 경우는 더욱 전근대적입니다. 취직을 하기 위해 이력서를 들고 가면 그 이력서를 읽어보기도 전에, "자네 아버지가 누군가?"라고 묻는답니다. 기가 막혀서 말이 안 나옵니다. 혹시 "아버지가 누군가"라고 묻기 전에, "자네 고향이 어딘가"라고 묻지 않았을까 생각하고 부끄러운 느낌에 사로잡히게 됩니다. 그런 사회가 한국 사회입니다.

아무리 큰소리쳐도 아직도 우리의 사회는 선진 사회가 아닙니다. 의식의 개혁이 선행되지 않고는 사회가 선진화될 수 없습니다. 빌딩이 아무리 웅장한 모습을 드러냈다 하여도 그 기초 공사가 제대로 되어 있지 않으면 그 건물은 언제 무너질지 모릅니다.

선진 사회란 어떤 사회일까요? 거짓말이 통하지 않는 사회입니다. 거짓말을 들으면 사람들이 격분하는 사회입니다. 거짓말을 한 사람은 그 즉시로 매장되는 사회입니다. 거짓말은 개인을 망치고 가정을 망치고 나라를 망치는 괴물 중의 괴물입니다.

편견이 위세를 떨치지 못하는 사회가 선진사회입니다. 혈연, 지연, 학연이 판을 치는 사회를 후진 사회라고 합니다. 조국이 선진화되기를 나는 학수고대하고 있습니다. 내가 살아서 그 날이 밝아오는 것을 내 눈으로 보고 싶습니다.

이 큰 꿈의 실현을 위하여 거짓말을 하지 맙시다.

될 수 있는 대로 편견을 버립시다.

어떤 사람이 좋은 사람인가요 ?

'좋은 사람'과 만나고
그런 사람을 배우자 혹은 친구로 삼고 싶은 건 당연합니다.
그런데 사람을 제대로 알아보는 눈을 갖기는 쉽지 않습니다.
그래서 시행착오를 많이 하지요.
그러나 좋은 사람을 만나야 하는 것은 끊임없는 숙제입니다.
또 나 자신도 좋은 사람이 되어야 하는데
어떤 사람이 좋은 사람인지 잘 알 수 없습니다.
대체 어떤 사람이 좋은 사람인가요?

"반짝인다고 모두 금은 아니다. All that glitters is not gold."라는 영어의 격언은 아마도 중학교 시절에 영어 교과서에서 배운 것 같습니다. 우리는 대개 반짝반짝 빛이 나는 것은 다 금인 줄 잘못 알고 살아왔습니다. 그러다 인생의 어느 때가 되면 그렇지 않다는 걸 깨닫고 일단은 크게 실망하게 됩니다. 빛이 찬란하게 빛나는 것 가운데 진짜 다이아몬드나 진짜 금은 많지 않습니다. 극소수에 지나지 않습니다.

이런 옛날 이야기가 있습니다.

어떤 시골에 아내와 사이가 몹시 나쁜 한 남자가 살고 있었습니다.

그는 "차라리 죽는 게 낫겠다"라고 생각하고 호랑이에게 물려 죽기를 바라는 마음으로 호랑이가 자주 출몰한다는 깊은 산중에 누워 있다가 슬며시 잠이 들었습니다. 그런데 누군가가 이 사람의 얼굴을 핥는다고 느끼고 벌떡 일어나 보니 바로 그 무서운 늙은 호랑이였습니다. 갑자기 당한 일이라 조금은 당황했으나 마음을 가다듬고, "어서 잡아먹어라"라고 한 마디 내뱉었답니다. 그런데 다행히도 이 호랑이가 사람 말을 들을 줄도 알고 할 줄도 아는 호랑이었던 모양입니다.

"형님, 무슨 말씀을 그렇게 하십니까? 제가 짐승은 잡아먹어도 사람은 잡아먹지 못합니다." 호랑이의 이런 단호한 한 마디에 이 인생 '낙오자'는 어리둥절해 하고 있었습니다. 그런데 호랑이가 희어진 긴 속눈썹 하나를 뽑아서 이 사나이에게 건네주면서 말했습니다.

"형님, 속눈썹에 이걸 붙이고 사람들을 보세요. 사람의 탈을 쓴 자들이 다 사람은 아닌 것을 알게 될 것입니다. 이러지 마시고 어서 동네로 돌아가 사람다운 여자를 만나서 사세요!"

이 사람이 그 속눈썹을 붙이고 마을에 돌아와 오고 가는 사람들을 보았습니다. 그런데 면장은 사람이 아니라 소고,

이장은 사람이 아니라 개고, 훈장은 여우로 보이더랍니다. 집에 가서 자기 아내를 보니 이게 사람이 아니라 닭이라 부엌에서 푸더럭거리고 있더랍니다. 그는 아무 말 않고 집을 떠나 여러 고을을 두루 헤매다가 정말 사람다운 여인을 만나 행복하게 살았답니다.

사람도 진짜가 있고 가짜가 있으니 속지 마세요!

반짝이는 것이 모두 금은 아닙니다.

자신의 외모에 불만이 있는 사람이 많다고 여겨집니다. 우리가 객관적으로 볼 때 부모가 낳아준 그 얼굴 그대로가 좋은 것 같은데 더 보기 좋은 얼굴을 바라는 남녀가 적지 않다고 합니다. 동양 사람은 조상 대대로 서양 사람이나 중동 사람에 비해 눈이 작고 코가 낮습니다. 그러나 코를 높이고 눈을 크게 만드는 성형 수술이 그 사람의 자연스럽게 보이던 얼굴을 망치면 어떡하나 걱정을 하게 됩니다.

나는 아름다워지려고 하는 여성들의 노력은 존중합니다. 그러나 아무리 고쳐도 마릴린 먼로나 엘리자베스 테일러의 얼굴이 될 수는 없습니다. 그럴 바에야 어머니가 낳아주신 그 작은 눈과 납작한 코를 가지고 죽는 날까지 사는 것이 바람직하지 않을까 생각합니다.

남녀 간에 사랑이 아름답고 멋있게 보이는 것은 상대방의 얼굴 생김새 때문이 아닙니다. 인품이 좋은 한 인간이 도덕적인 용기를 가지고 성실하게 그의 인생을 살아갈 때 그는 누구의 눈에나 아름답고, 늠름하고, 자랑스럽게 보이는 것입니다. 못 생긴 얼굴이 따로 있습니까? 게으르고, 거짓말 잘하고, 자기만 아는 얄팍한 사람은 잘생겨 봤자 별것이 아니라고 생각합니다.

비록 객관적으로 볼 때 외모는 잘생기지 못하더라도 주관적인 판단으로 "제 눈에 안경"이라는 인생의 묘미가 있기 때문에 마음 놓고 살 수 있는 용기가 솟아나는 것입니다. 그 누구와도 비교할 필요가 없습니다. 철두철미하게 정직한 사람이면 됩니다. 자기만 생각하지 않고 남을 생각 해주는 아량만 있으면 그 사람 그대로 아름다운 사람입니다. 그런 생각을 할 때 하루하루 사는 것이, 또 그런 멋있고 아름다운 사람들은 만나는 생각을 하는 것이 가슴이 벅차고 즐거운 일입니다.

파는 사람이 진돗개라고 하여 비싼 값을 지불하고 강아지 한 마리를 사온 사람이 있었습니다. 한 달쯤 지나고 보니 그 주먹만했던 강아지는 진돗개 비슷한 잡종견이었습니다. 그 강아지를 팔고 가버린 개장수가 그런 줄을 알고 있었다고 단정할 수밖에 없습니다. 그러나 그 개장수도 그런 줄 모르고 비싼 값에 사서 비싼 값에 팔았을 수도 있습니다.

강아지에 국한된 일만이 아닙니다. 사람도 그렇습니다. 명문가의 후손이라며 몇 대조가 좌의정이었고 몇 대조는 영의정이었다고 자랑하는 젊은 사람도 두고 보면 반드시 그 가문에 어울리는 사람이 아닐 수 있습니다.

20세기 초에 가난한 농민 중, 멀리 하와이로 이민 가서 사탕수수밭이나 파인애플 농장에서 하루종일 피땀 흘리며 일하던 농부들이 결혼할 나이가 되었습니다. 하와이에는 마땅한 색시 감이 없어 고국에 사진을 보내서 젊은 여성들을 구해올 수밖에 없었다고 합니다. 사진 뒤에 이름만 적힌 그 남자를 태평양을 건너와서 만나보니 사진과는 전혀 딴판의 사람인 경우가 많았다고 합니다. 더구나 남편 될 사람이 생각보다 매우 늙었다는 사실을 알고 많은 젊은 여자가 절망했지만 되돌아갈 도리가 없었습니다. 그래서 그 섬에서 결혼해서 가정을 이루고 살게 된 것이 하와이 이민의 시작이라고 들었습니다.

사실과 다른 일이 무척 많은 세상입니다.

"빛 좋은 개살구"라는 말이 있는데, 외모만 보고 그 사람의 사람됨을 파악하기는 어렵습니다.

일본의 속담에 "위험한 것은 사진만 보고 하는 결혼"이라는 말이 있습니다. 결혼만이 그런 것이 아니라 인생 만사가 대부분 그렇다고 할 수도 있습니다. 오늘 우리에게 일어나고 있는 많은 일이 듣고 보기만 하고 그 내용을 제대로 알 수가 없어서 심히 답답합니다. 하지만 두고 보면 알게 될 터이니 인내심을 가지고 기다리는 아량도 필요할 듯합니다.

벽오동 심은 뜻은 봉황을 보렸더니
내 심은 탓인지 기다려도 아니 오고
밤중에 일편명월만 빈 가지에 걸렸애라

작자가 누구인지 밝혀지지 않은 이 시조 한 수는 우리의 인생을 말해주는 듯합니다. 쉽게 풀이하자면 이런 뜻이 되겠습니다. 봉황새는 오동나무를 찾는다는 전설이 있어 봉황을 보려고 벽오동을 한 그루 심었습니다. 그러나 못난 사람이 심은 탓인지 봉황은 날아오지 아니하고 한밤중 한 조각 밝은 달이 오동나무 빈 가지에 걸려 있을 뿐입니다.

결혼으로 소원 성취한 사람이 이 지구상에 과연 몇이나 될까요? 오죽하면 결혼한 상대를 배우자(配偶者) 즉 '우연히 배당받은 사람'이라고 하였겠습니까? 100% 만족스러운 결혼 상대가 지구상에 몇이나 될까요?

아들·딸은 마음대로 되었습니까?

그토록 되고 싶었던 대통령을 하루도 해보지 못하고 저세상으로 떠난 정치인은 셀 수 없이 많습니다. 재벌이 되고 싶다는 꿈을 모두가 이루었다면 한국에도 재벌이 백만 명은 될 것입니다. 우리나라에도 노벨상을 꿈꾸는 과학자도 많고 문인도 많습니다. 바라는 일이 이루어지기 어렵다는 걸 알고 벽오동을 심지도 않는 사람이 훌륭한 사람이라고 나는 생각하지 않습니다. 그래도 봉황을 보기 위해 벽오동을 심는 사람들이 있어야 세상은 살 만한 세상이 될 것입니다.

흥망이 유수하니 만월대도 추초로다
오백년 왕업이 목적에 부쳤으니
석양에 지나는 객이 눈물겨워 하노라

– 운곡 원천석

이 시조를 내 마음대로 고쳐서 읽으며 그 뜻을 되새겨봅니다.

흥망이 모두 하늘의 뜻이련가 만월대에는 가을풀이 무성코
오백년 왕업은 간 곳 없어 목동의 피리소리만 들려올 뿐
석양에 지나가는 이 나그네 이 일 저 일을 생각하며 눈물겨워 하노라

고려 말의 선비 원천석元天錫, 1330~?이 어떤 인물이었던가를 알면 이 강산에 태어난 사실이 자랑스럽다고 느낄 것입니다. 그는 목은 이색과도 교분이 두텁던 당대의 명사였습니다. 그런데 고려조가 기울어지고 이성계 일파가 정권을 장악하자 벼슬을 버리고 치악산에 숨어 살았습니다. 그는 몸소 농사를 지어 부모를 봉양하였다고 전해집니다.

운곡은 태종으로 즉위한 이방원을 가르친 일이 있습니다. 그래서 운곡에게 벼슬자리를 주려고 태종이 여러 번 불렀으나 응하지 않았습니다. 그는 끝까지 대나무 한 그루처럼 곧게, 깨끗하게, 지조를 지키고 살다 세상을 떠났습니다.

'간에 붙었다 허파에 붙는' 지조 없는 지식인이 수두룩한 이 시대를 한탄만 하지 말고, 여러분이 스스로 원천석같이 멋있는 선비가 되기를 힘쓰는 것이 마땅한 일이 아니겠습니까?

'君子和而不同'은 〈논어〉에 나오는 말인데, 나는 젊어서부터 이 글귀를 사랑했습니다.

"군자는 남들과 잘 어울리지만 본질적으로 같은 인간은 아니다"라는 뜻입니다.

20대에 감동한 이 한 마디가 90대인 오늘도 나에게 감동을 주는 까닭은 무엇일까요? 70년이나 이 말을 마음에 새겨

두고 노력했지만 그렇게 안 되더라는 고백을 하기 위해 오늘 이 글을 씁니다. 나는 여전히 소인小人의 자리에 머물고 있습니다.

'군자화이부동'에 곧이어 '소인동이불화'라는 말이 나옵니다. "보잘 것 없는 인간은 남들과 다를 바가 없으면서도 그들과 잘 어울리지 못한다"라는 말입니다. 이 한 마디가 소인과 속인들의 양심을 찌릅니다.

지난 1,000년 역사에 등장했던 위인 1,000명을 추려 순위를 적은 책이 1999년에 출간되었는데 1위가 구텐베르크이고 10위가 베토벤입니다. 10위 안에 드는 사람 중에 두 사람 콜럼버스와 루터만이 친구나 동지가 필요했던 사람들이고, 갈릴레오나 뉴턴, 다윈, 토마스 아퀴나스 같은 학자는 남들과 어울릴 필요가 없던 인물들이었습니다. 셰익스피어나 레오나르도 다빈치나 베토벤 같은 시인, 예술가, 음악가들도 남들과 어울릴 필요가 없었을 것입니다.

'소인'으로 태어난 주제에 '군자'가 되어보겠다는 야망에 사로잡히는 것이 잘못이었다는 생각도 가끔 합니다.
앞으로는 '소인'답게 얌전하게 살아가겠습니다.

어떤 시선으로 역사를 공부해야 하나요 ❓

우리가 역사를 알아야 그 교훈으로 미래를 열어갈 수 있다고 합니다.
그만큼 역사는 우리의 삶에 소중한 존재입니다.
그러나 역사 교육에 대한 논란은 끊이지 않습니다.
누구의 말을 믿어야 하며 대체 어떤 눈을 가지고
어떻게 역사 공부를 해야 하는 건가요?

눈이 나쁘면 어려운 일이 많습니다. 태어날 때부터 시력視力이 약하거나 눈이 잘못된 아이들 엄마와 아빠의 걱정은 태산 같습니다. 다행스러운 사실은 최근 안경이 좋아져서 일상생활에는 큰 불편이 없다는 겁니다.

옛날 일제 시대에는 초등학교 한 반에 50~60명이 한 교실에 앉아서 공부했는데 그중에 안경을 쓴 아이는 두서넛밖에 되지 않았습니다. 그런데 요새는 안경 안 쓴 아이를 찾아보기 어렵다는 말도 있습니다. 눈 나쁜 아이가 왜 이렇게 많아졌을까요?

그 이유를 모르는 어른은 없습니다.

중국 시인 도연명은 "여름 하늘의 다양한 구름을 보라"라고 가르쳤는데 이 시대의 아이들은 컴퓨터나 휴대용 전화를 붙잡고 다양한 게임에 몰두하며 그것이 인생인 줄 잘못 알고 자랍니다. 그 과정에서 눈도 나빠집니다.

아이들에게 역사를 가르치는 교사의 사명은 '역사를 보는 눈'을 갖게 하는 것입니다. 나는 젊은 학도들에게, 비록 시력이 약해서 안경을 써야 한다 해도 색안경을 쓰고 역사를 보지는 말라고 일러줍니다. 역사를 계급의 투쟁으로만 보는 것도 편견偏見이고, 역사 발전에 있어 물질이 정신의 위에 있다고 우기는 유물사관唯物史觀도 결코 건강한 눈은 아니라고 나는 믿습니다. '어제'와 '오늘'의 대화에 귀를 기울이면서, 역사를 맑고 건강한 눈으로 바라보고 읽어주기를 바랍니다.

시간의 '영원Eternity'이나 공간의 '무한Infinity'이 다 이해하기 어려운 철학적 낱말입니다. 그러나 지금 내 나이에 즐길 수 있는 것은 '영원'뿐이고 벗하고 싶은 것은 '무한'뿐입니다. 젊어서는 내 생각에도 탄력이 있어서 기상천외의 사고가 다 가능했는데 지금은 그렇지 못합니다.

'영원'이니 '무한'이니 하는 말의 의미를 내 가슴에 처음 심어준 것은 내 어머니의 소박한 기독교적 신앙이었습니다.

나는 어려서 그 깊은 뜻을 알았을 리 없지만 어머니의 삶의 비결이 거기에 있다는 것을 어렴풋이 알고 자랐습니다.

그러나 그런 가치를 바탕으로 내가 역사를 보고 풀이하게 해준 이는 나의 스승 함석헌 선생이십니다. 그 스승을 만나서 좀 폭이 넓고 생각이 깊은 사람이 되었습니다. 만일 내가 그 스승을 만나지 못했다면 어느 장로교회에서 고루한 장로 노릇을 하면서 답답한 삶을 90세까지 살았을 것인데, 그 스승을 만난 것이 내 생의 커다란 축복이었습니다.

내가 헤겔을 이해하고 토인비를 흠모하는 것은 다 그 스승 한 분의 가르침 덕분입니다.

그런 안목으로 나는 역사를 봅니다.

그 속에서 짧은 인생길을 가면서 가외의 삶을 나는 누구보다도 즐기고 있습니다.

'영원'이 고맙고 '무한'이 정답게 느껴집니다.

예나 지금이나 진리는 변하지 않습니다. 말을 많이 하다 보면 남을 칭찬 하는 말보다 헐뜯는 말을 더 많이 하게 마련입니다. 말수를 줄이는 일이 국민 운동으로 발전하기를 나는 은근히 바라고 있습니다.

PART 3.

세상을 살아가는
지혜

인간답게 산다는 것은 무엇일까요 ❓

인간이 인간답게 살아야 한다는 말은
너무도 당연하게 알려진 말입니다.
그런데 '인간답게'라는 말의 구체적인 의미는 무엇인가요?
인간과 다른 동물과의 확실히 구별되는 차이가 무엇인지
그걸 알면 '인간답게'의 뜻을 알 수 있을까요?

인간을 만물의 영장이라고 합니다. 그러나 오히려 인간이 동물 중에서 꼴찌라는 생각이 듭니다.

모든 동물은 저 생긴 대로 살다가 죽습니다. 다른 동물에게 과시할 것도 없고 타고난 힘과 재주만 의지하고 살면 됩니다. 동물 중에는 먹고살기 위하여 위장도 하고 다른 동물들을 속이기도 하는 본능을 타고 난 동물도 많습니다. 하지만 처음부터 남에게 무언가를 보여주려고 한심한 짓을 하는 동물은 사람밖에 없습니다.

없으면서도 있는 척하고 모르면서도 아는 척하는 것이 사람입니다. 없으면 없다고 하고 모르면 모른다고 하면 되는데 왜 있는 척하고 아는 척하는지 풀리지 않는 의문입니다.

사람처럼 제 자랑을 많이 하는 동물도 없습니다. 그저 입만 벌리면 제 자랑입니다. 따지고 보면 매우 부끄러운 일이지만 덮어놓고 자랑부터 합니다. 저 잘난 맛에 살지 않는 사람이 매우 드뭅니다. 제 자랑을 전혀 안 하는 사람을 만나면 성현군자를 만난 것 같은 느낌을 갖게 됩니다. 열에 아홉은 입만 벌리면 제 자랑입니다. 자기 자신에 대한 과장일 뿐입니다.

자기를 과소평가하는 사람을 만나면 천국에서 온 사람처럼 느껴집니다. 그런 사람은 그저 따르고 싶고 존경하고 싶습니다. 저 잘난 맛에 사는 것이 신앙 아니고 저 못난 맛에 사는 것이 신앙이라고 믿게 된 지 꽤 오래 되었지만 그것도 어려운 과제라는 것을 차차 깨닫게 됩니다. 저 잘난 맛에 사는 사람이 많으면 많을수록 인생 살기가 어려워지고 저 못난 맛에 사는 사람이 많으면 많을수록 이 세상 사는 일이 기쁘고 만족스럽게 느껴질 것입니다.

건전한 생각이 깃들기 위해서 건전한 육체가 필요하다는 것은 더 말할 나위도 없습니다. 지知, 덕德, 체體를 교육의 기본이라고 말하는 사람이 많은데 지식보다도 덕행보다도 몸이 우선 건강해야 한다는 것이 상식입니다.

물론 '지'와 '덕'을 아무리 잘 쌓아도 몸이 그것을 감당하지 못한다면 소용이 없다는 것은 다시 말할 필요가 없습니다. 그러나 '보디빌딩'에만 전념하면 보기 좋은 육체는 만들 수 있지만 그 육체가 무슨 일을 제대로 할 수 있겠습니까. 그런 육체만 가진 사람은 인생의 전투장에서 승리하기 어렵습니다.

남녀노소를 막론하고 각자의 육체가 아름답기를 바라는 것은 인간의 공통된 욕망입니다. 하지만 어떤 훌륭한 외모도 세월을 이길 수는 없습니다. 오늘 예쁜 여자, 잘생긴 남자가 50년 혹은 60년 뒤에도 그런 멋진 외모를 유지할 수 있겠습니까. 세월처럼 무서운 건 없습니다. 사람이 아무리 애를 써도 세월을 이길 수는 없습니다.

신약 성경 베드로전서 2장에는 "모든 육체는 풀과 같고 그 모든 영광이 풀의 꽃과 같으니"라는 말이 있습니다. 풀은 마르게 마련이고 꽃은 떨어질 수밖에 없는 것이 자연의 현실입니다. 그런 사실을 잘 인식하면 우리는 조금 더 보람 있는 인생을 살 수 있을 것입니다.

인간이라는 낱말의 학술적 용어는 '호모사피엔스Homo sapiens'입니다. 사람도 동물이지만 사람은 다른 동물과는 다릅니다.

상식적으로 보아도, 다른 동물들에게는 시간에 대한 개념이 전혀 없습니다. 그들이 어느 시기에 다들 모여, 어느 때가 되면 다 같이 이동을 하면서 해가 지기 전에 하룻밤을 보내는 장소를 찾는 것은 모두 본능적으로 하는 것이지 그밖에 다른 아무런 개념도 없습니다.

사람도 먹이를 찾아야 하고 짝을 지어야 하고 생존을 위해 악전고투를 하지 않으면 안 되는 불행한 동물입니다. 하지만 인간은 시간에 대한 특정한 관념이 있는 특이한 동물입니다. 잘 살펴보면 호모사피엔스만이 영원을 생각하며 영원을 그리워하는 유일한 동물인 것만 어김없습니다.

모든 사람이 장수하기를 넘어 영원히 살기를 바라고 있습니다. 자기가 언젠가는 늙어서 죽어야 할 줄을 알기 때문에 자기의 자손들에 대하여 큰 기대를 가지고 자손들을 통하여 자기의 삶이 영원히 이어지기를 바라는 것입니다. 신앙이니 종교니 하는 것이 매우 원시적인 상태에서 시작된 것은 사실이지만, 인간에게 종교라는 것은 각자가 영원히 살고자 하는 욕망의 발현 아니겠습니까?

그런데 지금 전 세계 인간의 삶이 매우 비참한 상태에 이르렀고 행복한 삶을 포기한 지 오래된 것 같습니다. 생존 자체가 한심한 상태에 다다랐다고 하겠습니다.

인간성 회복을 주장하는 사람이 많습니다. 인간성을 상실하는 가장 큰 원인이 인간이 마땅히 추구해야 할 영생을 포기하였기 때문이라고 나는 믿습니다. 다시 말하자면, 인간이 그 수많은 다른 동물들의 수준으로 내려앉았기 때문에 오늘의 세계가 요 모양 요 꼴이 되었다고 생각합니다. 여러분도 이 사실을 명심하기 바랍니다.

내가 10대 후반 또는 20대의 청춘을 살던 그 무렵에는 자아自我를 언제나 둘로 갈라놓고 생각하였습니다.

하나는 '정신적 자아'고 또 하나는 '동물적 자아'였습니다. 내가 젊었을 적에 세계적으로 크게 존경을 받던 정신적 지도자는 인도의 마하트마 간디였고 내가 정신적으로 흠모하던 큰 스승은 함석헌이었습니다. 이 두 분의 가르침은 한결같이 정신적인 삶을 힘쓰라는 것이었습니다.

그 메시지는 간디에게 있어서는 '진리파지眞理把持, Satyagraha'였고, 함석헌에게 있어서는 '씨알의 소리Voice of the people'였습니다. 이 어른들의 가르침은 '진리' 편에 서서 동물적 자아를 이기라는 것이었습니다.

사람의 인격이란 동물적 본능을 어떻게 다루느냐에 따라 결정되는 것이라고 생각됩니다. 본능을 마음대로 무제한 방출하고 싶은 것이 모든 동물의 한결같은 경향입니다. 하지만 사람에게만 유독 '이성'이 있다는 것은 모든 본능을 적당한 선에서 조절하라는 뜻으로 풀이됩니다.

자연스럽다는 것은 또 다른 차원입니다. 그것은 하나의 높은 교양일 수도 있습니다. 미개한 사회에서일수록 개인의 슬픔을 감추지 못하고 많은 사람 앞에서 엉엉 우는 광경을 볼 수 있습니다. 교양이 넉넉한 사회에서는 될 수 있는 한 남들에게 눈물을 보이지 않습니다. 소리 내어 우는 것은 더욱 금물로 여겨집니다. 슬픔과 아픔을 그대로 노출하지 않고 적당한 수준에서 참는 것이 더욱 아름답게 보이기 때문입니다.

인간의 60년, 70년, 80년의 삶이 돌이켜보면 동물적 자아와 정신적 자아의 싸움이었다고 여겨집니다. 동물적 자아보다는 정신적 자아가 승리한 사람이 진정한 의미의 승자입니다. 정신적 자아의 승리를 위해서 선한 싸움을 싸우는 것이 인생의 어느 때에 있어서나 바람직한 일이라고 생각합니다.

한자의 '격格' 자는 '격식 격'이라고 풀이합니다. 알기 쉽게 말하자면 '틀'입니다. 다른 동물들은 한결같이 본능으로 살다가 죽는 피조물이기 때문에 '격'이나 '틀'을 논할 수 없습니다. 하지만 '사람의 격' 즉 인격은 천차만별이어서, 사람은 다 같은 사람이지만 결코 같은 사람이 아닙니다. 사람이 집에서 키우는 개나 고양이는 영리한 것도 있고 미련한 것도 있습니다.

"재주는 곰이 부리고 돈은 중국인이 받는다"라는 속담이 있는데 곰의 재주는 사람이 가르친 것이지 곰 스스로 터득한 것은 아닙니다.

오래 전 미국에서 찰스 맨션Charles Manson이라는 악한이 샤론 테이트Sharon Tate라는 아름답고 젊은 여배우를 무참하게 살해한 엽기적 살인 사건이 있었습니다. 그때 찰스 맨션을 '인간지말(人間之末)'이라고 하였는데 그런 '인간지말'이 시리아뿐 아니라 영국의 맨체스터나 프랑스의 파리에서도 속출하는 위험천만한 세상이 되었습니다.

잔인해질 수 있는 것이 인간의 큰 약점이라고 지적한 사상가가 있었는데 오늘은 인간이 인간으로서의 '격'과 '틀'을, '긍지'와 '자존심'을 몽땅 포기한 것 같습니다. 그러니 말세末世를 운운하는 종교 지도자들이 등장하는 것도 무리가 아닙니다. 그래도 이 지구상에 '사람다운 사람', '의로운 사람'이 열 사람은 있다고 나는 믿습니다. 우리가 사람 구실할 꿈을 포기하지만 않으면 "길은 우리 앞에 있다"라고 확신합니다.

일본의 NHK 방송이, 페루의 아마존 강 유역의 숲속에 서식하는 각종 새의 생존 양식과 그 생존 방법을 취재하여 장시간 방영한 적이 있습니다. 색채가 눈부신 큰 새도 많았는데 그들이 알을 낳고 까기 위해 나뭇가지 사이에 망태 모양으로 풀과 나뭇가지를 엮어 견고한 둥지를 만든 것을 보고 감탄하였습니다. 실용적이고 튼튼한 '매달린 둥지'는 장정 두 사람이 잡아당겨도 끄떡도 안 하였습니다. 새들만이 아닙니다. 모든 동물이 살아남기 위해 저렇게 전력을 다하여 악전고투하는데 호모 사피엔스, 즉 인간만이 게으르고, 생존을 위한 노력조차 소홀히 하는 것 같아 걱정입니다.

이산화탄소CO_2가 인간이 생활을 편리하게 만들려고 고안해 생산된 냉장고, 세탁기, 자동차 등으로 인해 무제한 방출되어 기후 온난화를 막기 어렵다는 데도 인간은 그 대책 강구에 여전히 성의가 없습니다.

인간은 본능이 둔화하였고 꾀만으로 살아남을 수 있다고 착각하고 있는 듯합니다. 본능을 인간 특유의 이성으로 다스리며 곧잘 살아왔는데, 이성 만능을 추구하다 보니 이것도 저것도 아닌 한심한 동물로 전락한 것이 아닌가 걱정됩니다.

'인간 로봇들'만이 길거리를 활보하는 세상에 과연 의미나 가치가 있겠습니까?

어느 나라의 TV에서나 아마 '동물의 세계'를 다루는 프로그램이 방영되고 있을 겁니다. '내셔널 지오그래픽National Geographic'의 전문가들도 그런 프로그램을 만듭니다. 다른 동물들은 그런 프로그램을 만들 능력이 없습니다. 그 프로그램은 인간들이 인간적 입장에서 동물들의 세계를 묘사하였을 뿐 그 동물들과는 사실상 아무 관련이 없이 제작되는 작품입니다. 그러니 사람을 위해, 사람이 만든 프로그램이라고 할 수밖에 없습니다.

'동물의 세계' 프로그램을 보면서 인간의 세계를 더 잘 이해할 수 있다고 생각합니다. '인간의 세계'가 '동물의 세계'와 유사하다는 생각을 자주 하게 됩니다. 그 대표적인 장면은 '짝짓기'와 '약육강식弱肉强食'입니다. 사람은 '짝짓기'라 하지 않고 '결혼'이라 하고 '약육강식'이라는 말은 별로 쓰지 않고 다만 '생존 경쟁'이라고 하니까 참혹하게 들리지는 않지만 내용은 비슷합니다.

맹수들의 세계나 개미들의 세계를 보면서 역사의 현장에 가끔 등장하는 '독재 체제'와 독재자들을 연상하게 됩니다. 동물들은 의식적으로 또는 무의식적으로 독재와 독재자를 받아들이는데, 인간은 '선의의 독재'라는 말을 만들어서 독재를 미화하기도 합니다.

아직도 히틀러를 숭배한다는 자들이 있습니다.

역사상에 그런 영웅이 없었다고 믿는 미친 사람들도 있습니다. 스탈린도 그렇고 마오쩌둥도 그렇습니다. 그들은 한때

구소련 사람들과 중국 사람들을 감동시키기도 했을 것입니다. 하지만 나는 그 지도자들이 그렇게 많은 사람을 죽이고 고생시키고 비참하게 만든 사실을 잘 알고 있습니다. 그래서 역사가 언젠가는 그들을 매우 고약한 사람들로 치부하게 되리라고 믿습니다. "모든 사람을 언제까지나 속일 수는 없습니다"라고 에이브러햄 링컨이 말했습니다.

영국의 풍자소설 작가 조지 오웰George Orwell, 1903~1950은 전체주의Authoritarianism를 미워하고 '개인의 자유'의 상실을 두려워했기 때문에 1946년에 〈동물농장Animal Fram〉을, 죽기 1년 전에 〈1984〉를 발표했습니다. 그런데 1984년이 되었을 때 많은 사람이, 김일성, 김정일로 이어진 '김씨 왕조'가 바로 오웰의 예언의 적중이라고 하기도 했습니다.

다른 동물들에게는 본능밖에 없습니다. 그러나 인간은 '동물 플러스 알파'의 존재라고 하지 않습니까. 사람들이 '이성理性'을 포기하면 다른 동물과 조금도 다를 바 없습니다. 인류의 역사는 인간이 사람 구실을 하기를 간절히 바라고 있습니다.

오늘 지구상에 산다는 70억 인구 중 남자와 여자의 수가 비슷하다고 들었습니다. 나라와 나라가 또는 전 세계가 전쟁에 휘말려 남자들만이 전쟁에 참여해야 했던 옛날에는 전쟁이 끝나면 한동안 여자가 남자보다 훨씬 많을 수밖에 없었습니다. 하지만 얼마 지나면 남녀의 수가 다시 비슷해진다고 하는데 이것이야말로 '하늘의 조화'라 하겠습니다.

그런데 70억 인구가 남녀노소를 막론하고 가장 소중히 여기는 것이 자기 자신이라고 합니다. 이는 지극히 당연한 일이라 하겠습니다.

'자아(自我)'를 찾고 그 '자아'를 제대로 관리하는 일은 모두 각자의 책임이 될 수밖에 없습니다. 그렇다 해도 모든 사람이 제 생각만 하고 이웃에 대한 배려가 전혀 없다면 그런 세상은 정말 살기가 힘들 것입니다. 아직도 굶는 사람이 여기저기에 있다고는 하지만 옛날에 비해 먹을 것도 많고 입을 것도 많고 잠자리도 훨씬 편해졌습니다. 하지만 사람의 행복은 아직도 제자리걸음을 하고 있는 것 같습니다.

오늘의 한국인의 삶은 예전에 누리던 행복도 누리지 못하고 오히려 불행의 그림자만 더 짙어진 것 같습니다. 수명이 길어지면 뭘 합니까? 오히려 불행한데! 잘 먹고 몸 편히 살면 뭘 합니까? 하루하루가 즐겁지 않은데! 왜 우리가 이 꼴이 되었습니까? 이 분주하기만 한 산업사회에서 우리는 나밖에 모르는 사람이 되었고 그런 의식 구조 때문에 우리가 마땅히 생각해야 할 '이웃'을 잃었기 때문입니다.

우리는 '소외'된 존재이고 우리는 매우 '고독한' 삶을 이어갈 수밖에 없는 처량한 인생입니다.

이기주의는 인간을 절망으로 이끌고 때로는 자살 밖에는 길이 없다는 위험한 생각을 하게 합니다. 사람도 짐승도 자연의 일부로 자연스럽게 가야지 무리하게 가면 불행한 사람이 더 많이 생길 뿐입니다. 그것이 대안도 아니고 해결책도 아니라는 것을 모르는 사람은 없습니다. 생각은 사랑으로 이어지고, 사랑은 이웃을 만듭니다. 이웃을 도와주고 사랑하는 것이 인간의 가장 숭고한 사명이라고 나는 믿습니다.

독일의 문호 괴테는 지혜를 지닌 스승으로 옛날이나 지금이나 존경의 대상입니다. 나폴레옹도 그를 존경했다고 하고 철학자 쇼펜하우어, 니체도, 심지어 혁명가 칼 마르크스, 블라디미르 레닌도 그를 흠모했다는 기록을 읽은 적이 있습니다. 왜 그랬을까요?

바로 괴테에게는 '삶의 지혜'가 풍성했기 때문입니다.

그는 우리에게 무엇이 '일류'이고 무엇이 '이류'인가 분별하는, 가치 판단의 기준이 소중하다는 사실을 일러준 셈입니다. 그럴 수 있기 위하여 사람에게는 광범위한 그리고 깊이 있는 교양이 필요하다는 것입니다.

'일류'라고 하면 우리는 우선 '일류대학'이란 말을 연상하게 됩니다. 그런데 '일류대학'은 경쟁이 하도 심해서 들어가기 어려운 대학이라는 고정관념이 도사리고 있습니다. 그렇다면 그런 대학에는 당대의 수재들만이 들어가는가 하면 그렇지는 않습니다. 타고난 재능은 보통이거나 때로는 보통 이하이지만 고2, 고3 때 밤늦게까지 유명한 사설 학원들을 찾아다니고 비싼 특별 과외 덕분에 이른바 '일류대학'에 턱걸이하여 간신히 입학하는 아이도 적지 않습니다.

정작 '수재'나 '천재'로 태어난 아이들은 대학에 들어가기 어렵고, 설사 들어간다 하여도 학업을 다 마치고 졸업장을 받기가 어렵습니다. 그런 예는 우리 주변에도 흔히 있습니다. 아들은 음악대학에 가고 싶다는데 아버지는 반대입니다. "이놈아, 음악을 해서 밥 못 먹어. 이공대학에 가라. 애비 말대로 안 하면 등록금 못 대준다." 옛날엔 그런 경우가 참 많았습니다. 지금도 아들·딸에게 '일류대학' 입학을 강요하는 잘못된 부모가 없지 않습니다. 그런 부모는 혹시 아이들의 타고난 천재적 소질을 밟아버리는 게 아닌지 걱정스럽습니다.

오래 살다 보면 이웃에 사는 사람 중에 누가 '일류'고 누가 '이류'인지 분간할 수 있게 됩니다. 그런 판단의 기준이 무엇이냐고 물어도 대답하기 어렵습니다. 일일이 설명은 못하지만 '감'은 잡힙니다. 그것도 일종의 예술입니다. 번번이 사람을 잘못 보고 죽을 고생을 하는 사람들이 있습니다. 그런 사람들에게는 "귀농하여 채소밭이나 가꾸는 게 좋겠다"라고 일러줍니다.

　'일류'가 되려는 노력을 게을리하지 마세요.
　대학이 문제가 아니고, 집안이 문제가 아닙니다.
　스스로 '일류'가 되어 '일류들'과 사귀면서 '일류답게' 살다 가세요.
　여기서 오래 살 생각은 하지 마시고!

우리나라, 살 만한 나라인가요 ?

우리나라가 정말 위대하고 살기좋은 나라라고 말하는 사람도 있지만
지옥과도 같은 곳이라고 말하는 사람도 많습니다.
한동안 우리나라를 '헬조선'이라고 비하하는 사람들도 있었습니다.
과연 우리나라, 대한민국은 제대로 돌아가고 있는 것인가요?
우리나라는 사람이 살 만한 나라인가요?

1941년 12월 8일을 기억하는 사람의 수는 해마다 줄어들어 지금은 몇 남지 않았을 것으로 짐작합니다. 나는 그때 중학교 1학년이었습니다. 일제 하의 국어는 한국어가 아니라 일본어였는데 카지와라라는 비교적 젊은 선생이 그 과목의 담당 교사였습니다.·

학교에서 잔심부름을 하는 사환이 쪽지 한 장을 들고 교실로 들어와서 교사 카지와라에게 건네주었습니다. 얼굴빛이 매우 희던 카지와라의 얼굴이 술 한 잔 한 사람처럼 갑자기 붉어졌습니다.

그는 떨리는 목소리로 "일본은 미국에 대해 선전을 포고했

다. 미국과의 전쟁에서 일본은 벌써 많이 이긴 것 같다."라고 말했습니다. 그렇게 말한 뒤 그는 수업을 계속하지 못하고 교실에서 나갔습니다. 하도 흥분해서 수업을 할 수 없었던 것 같습니다.

그 날을 일본 정부는 '대소봉대일'로 정하고 일본의 승리를 축하하며 전의(戰意)를 더욱 가다듬는 날로 삼았습니다. 뿐만 아니라 매달 8일에는 전쟁에 쓰일만한 폐품이나 쇠붙이를 집에서 갖고 학교로 가서, 일본군의 전쟁 수행에 도움이 되도록 보내야만 했습니다.

여름방학에는, 말에게 먹이도록 풀을 베다 말려서 일본 군대에 보내기도 하였습니다.

4학년이 되어서는 한여름을 내내 용강 비행장 닦는 일에 동원되었습니다. 친구들과 숙식을 같이하며 흙을 파서 나르는 토목공사장에서, 코스모스가 피어 가을을 알릴 때까지 날마다 중노동을 했습니다. 그때 레일 위로 밀고 다니는 '도록꼬'(일본 사람들의 발음으로)를 타고 언덕을 내려가다 그 '도록꼬'가 뒤집혀 그때 입은 왼손 손목의 상처가 80년이 지난 오늘도 희미하게 남아 있습니다.

이것이 나의 12월 8일이라는 주제의 연속극의 일부였습니다. 당시 내 나이 또래의 한국 젊은이들에게 무슨 꿈이 있고 무슨 희망이 있었겠습니까? 우울한 나날이 이어졌을 뿐입니다. 나의 젊은 날은 그렇게 덧없이 흘러갔습니다. 2~3년 뒤에는 일본 군대에 끌려가 나의 형님처럼 소만 국경이나 남양 군도 어디에서 '일본 천황'을 위한 '개죽음'을 당할 수밖에 없었는데, 그저 앞이 캄캄할 뿐이었습니다.

오늘의 한국 청년에게 하고 싶은 말이 있다면, "너희는 좋겠다"라는 한 마디뿐입니다. '연금 개혁'도 하고 '노동 개혁'도 하고 '금융 개혁'도 하고 '교육 개혁'도 할 수 있지요? 더 나아가 휴전선 비무장지대(DMZ)에 세계 평화를 위한 공원만 만들 것이 아니라 UN본부도 거기에 유치할 수 있지 않을까요?

그뿐입니까? 남북통일의 큰 꿈도 '불가능한 꿈'은 아니지 않습니까? 이런 큰일들을 위하여 큰 인물들이 쏟아져 나와야 할 때가 온 것 아닙니까!

젊은이들이 노인들의 충고를 들으려 하지 않기 때문에 말할 필요가 없다는 사람들도 있습니다. 그러나 우리 자신의 젊었던 날에도 당시 노인들의 말을 귀담아 들은 적은 없습니다. 우리도 듣지 않았습니다. 오늘의 젊은이들만이 그런 건 아니라고 생각됩니다.

그렇다고 이 시대의 노인들이 입을 꼭 다물고 말 한 마디 안 한다면 좋은 세상이 저절로 올 것 같습니까? 천만에! 노인에게도 발언권이 있어야 하고, 노인의 충고에 귀를 기울이는 사람이 몇은 있어야 한다고 나는 확신합니다. 노인들의 침묵이 나라를 바로잡을 수만 있다면 나도 말 한 마디 안 하고 조용히 살겠습니다.

노인이 된 괴테가 "무엇이 일류이고 무엇이고 이류인가를 분별할 줄 알아야 한다"라고 가르쳤다는 이야기는 오래 전에 여러 후배에게 전한 바 있습니다.

그리고 괴테는 이런 충고도 하였습니다.

"책을 골라서 읽고, 음악도 골라서 들어라!"라고. 그 다음의 한 마디 충고도 마음에 와닿습니다. "사람의 교양이란 그 사람의 가치판단이다"라는 가르침도 의미심장합니다.

〈신곡〉(神曲)만 댕그렁 읽어서는 〈신곡〉을 제대로 이해하기 어렵습니다. 그 명작을 남긴 단테를 알아야 그 작품을 올바르게 이해할 수 있습니다. 단테를 제대로 이해하기 위하여는 그 위대한 시인을 가꾸고 키운 수백 년의 토스카나의 문화가 있다는 사실을 알아야 합니다.

'적당히' '대강대강' – 한국인의 이런 습성이 고질이 되어 오늘의 한국인은 '일등 국가'를 만들지 못하고 있습니다. '적당히' 해서는 안 됩니다. 완벽하게 해야죠. '대강대강'해서는 선진국의 대열에 끼어들지 못합니다. "최후의 일인, 최후의 일각까지" – 3·1 독립선언서에 명시된 그런 자세가 이 겨레를 위한 적절한 권면입니다. 그래도 나는 희망을 포기하지는 않습니다. "뜻이 있는 곳에 길이 있다"라는 서양의 격언도 있지만 '지성至이면 감천感天'이라는 동양 교훈도 있습니다. 우리가 노력하면 안 될 것 같던 일도 되게 마련입니다. 대한민국이 잘 되면 전 세계가 더 살기 좋아집니다.

젊은이들은 내일을 꿈꾸면서 하루를 삽니다. 대학생이면 졸업을 하고 무슨 일을 할까 이리저리 생각을 해볼 것입니다. 우선 좋은 기업체나 연구기관에 들어가 취직을 하고 생활의 안정을 도모하고 싶을 겁니다.

그러나 요새처럼 일자리 구하기가 어려운 판국에는 그것이 또한 쉽게 이루어질 수 있는 꿈은 아닙니다. 그래서 고민에 빠지기는 할 것입니다.

조국 근대화가 한창이던 1960년대, 1970년대에는 기업들이 사람 구하기가 어려워서 아직 졸업을 하기도 전에 회사가 학생을 사원으로 끌어갔습니다. 그 당시에는 해외 진출도 활발해서 사우디아라비아나 리비아 같은 나라에서 '대수로 공사大水路工事' 같은 엄청나게 큰 공사를 따내 '약진 한국'의 모습을 과시하기도 하였습니다. 그때 그렇게 해서 벌어들인 외화가 밑천이 되어 '선진 한국'의 꿈을 성취한 사실을 누가 부인하겠습니까?

'한강의 기적'이란 말은 그 시대의 한국인의 가슴에 더 큰 꿈을 심어주기도 하였습니다.

그런데 세계가 예전 같지가 않습니다. 한국인이 마음 놓고 누리던 그 '특권'은 '신흥 중국'과 인도 그리고 동남아의 여러 나라에게 빼앗겼다고 해도 지나친 말이 아닙니다. 그래서 그런지 한국인은 스스로 '우리 경제'는 바닥으로 간다느니, 이렇게 나가다간 곧이어 한국 경제가 파탄에 직면하게 된다느니 듣기만 해도 한숨이 쏟아져 나오는 한심하고 어리석은 '예언'만 늘어놓습니다. 그러니 우리 국민은 몸 둘 바를 모릅니다.

이런 정황을 지켜보면서 이 노인이 한 마디 안 할 수 없습니다. 지금까지 살아본 생활의 경험을 바탕으로 한 마디 안 할 수 없습니다.

나는 일제 시대에 태어나서 일본인들에게 시달리며 자랐습니다. 일본어로 교육을 받아서 일본말은 내가 가장 잘 할 수 있는 외국어입니다. 해방의 감격도 국민학교 교사로 있으면서 맞이하였기에 지금도 그 기억이 생생합니다. 평양에 살았기 때문에 하는 수 없이 김일성 치하에 살았는데 오죽 힘들었으면 평양을 탈출했겠습니까? 원산을 거쳐 철원까지는 기차를 탔지만 거기서부터는 걸어서 38선을 넘어 연천을 거쳐 동두천으로 하여 서울에 '입성'했습니다. 6·25전쟁도 겪고 군사 독재 하에 옥고를 치르기도 했습니다.

무슨 말을 하려고 여기까지 왔는가?

이 노인은 한 마디밖에 할 말이 없습니다. 내가 살아온 90년 중에서 오늘의 대한민국이 가장 살기 좋다는 그 한 마디 밖에는 나는 할 말이 없습니다. 오늘의 한국을, 젊은이들이여, 업신여기지 말기를!

조선시대, 한세상을 억울하게 살고 간 고산 윤선도尹善道, 1587~1671라는 선비는 "꽃은 무슨 일로 피면서 쉬이 지고"라고 시작하는 시 한 수를 읊었습니다. 30세 전에 장원 급제를 하여 벼슬길에 오른 윤선도는 조정이 부패한 상황을 보다 못해 임금에게 상소문 한 장을 올렸습니다.

"임금님, 저 이이첨李爾瞻같은 간사한 자들이 날뛰면 장차 민생이 도탄에 빠질 우려가 있사오니 통촉하소서"라는 내용의 글이었다고 합니다.

그러나 임금이 이 상소문에 대해 깊이 생각하기도 전에 간신들에 의해 고산의 충언은 중상모략에 대상이 되었습니다. 결국 그는 한평생 벼슬다운 벼슬을 해보지 못하고 유배에 유배를 거듭하는 참담한 선비로 살았습니다. 비록 그는 전라남도 한 시골에 정착하여 농사를 짓고 약초를 가꾸는 일에 전념하며 쓸쓸한 노후를 보냈지만 시인으로서, 학자로서 많은 업적을 남겼습니다.

윤선도는 그 시에서 "돌은 어이하여 푸르는 듯 누르나니"라는 심오한 한 마디로 인생의 허무함을 탄식하였습니다. 그가 만일 벼슬길에 올라 세속적인 성공의 가도를 달렸다면 좌의정, 영의정의 자리에 올랐을지도 모릅니다.

하지만 그런 출세의 길에서 밀려난 덕분에 고산은 시작(詩作)에만 전념할 수 있었고 그 시의 마지막에 "아마도 변치 아닐 산 바위뿐인가 하노라"라는 의미심장한 한 마디를 남길 수 있었다고 생각합니다.

나는 이 마지막 한 줄의 글에서 무한한 희망을 봅니다. 그는 '마당 어귀에 서 있는 이 바위는 언제라도 그 자리를 지키고 있을 것이다'라고 생각했을 것이 분명합니다. 그 바위는 과연 무엇이었을까요? 그가 섬기던 임금이었을까요, 아니면 그의 조국 조선이었을까요?

오늘 우리 조국의 현실이 대단히 어지럽습니다. 한 치 앞을 내다볼 수 없다고 탄식하는 사람도 적지 않습니다. 그러나 우리는 윤선도가 가리키던 그 바위를 생각하면서, 아무리 나라가 흔들리는 것 같아도 우리의 조국은 윤선도가 바라보던 그 바위처럼 든든하게 그 자리를 지켜줄 것이라고 믿어야 할 것입니다.

거미와 거미줄에 관한 이야기는 세상에 많이 나돌고 있지만 파리에 관한 이야기는 별로 없습니다. 고작해야 '파리 목숨'이라는 한심한 용어가 있고 '파리 떼처럼 모인다'라는 거북한 표현도 있기는 합니다.

나는 오늘 파리에 관한 일화를 하나 소개하겠습니다.

나는 춘하추동 사계절을 감방에서 보낸 적이 있습니다. 그때 내 나이 이미 40세가 한참 넘어서 인생의 이치를 어느 정도는 터득한 시절이었습니다. 나는 안양교도소의 독방에 있었는데 가을이 깊어가는 쌀쌀한 어느 날 아침이었습니다. 나무로 마루를 깔아서 거기 약간 파인 곳이 있었는데 엎지른 물이 그 자리에 고였습니다. 그런데 불행하게도 파리 한 마리가 실수로 그 물에 빠져서 두 날개를 물 위에 깔고 바로 서려고 안간힘을 쓰고 있었습니다.

민주주의를 해야 한다고 떠들다 감옥에 갇힌 몸이 된 처량한 신세의 나는, 그 뒤집힌 상태에서 바로 서 보려고 안간힘을 쓰는 파리 한 마리를 보면서 이런 생각을 했습니다.

'네가 그렇게 애를 쓰다 바로 서면 대한민국의 민주주의는 반드시 승리할 것이고 네가 아무리 발버둥 쳐도 바로 서지 못하고 그러다 죽으면 우리나라의 민주주의도 죽을 것이다.' 그러면서 나는 10분 남짓 그 파리의 동태를 살펴보고 있었습니다.

가을 햇볕이 매우 따뜻하게 느껴졌습니다. 그런데 놀랍게도 그 파리는 고생 끝에 바로 섰습니다. 바로 서서 날개의 물을 털고 날아갔습니다. 나는 그 간단한 사실 하나 때문에 조국의 민주주의의 미래에 대해서 큰 소망을 갖게 되었습니다.

'대한민국의 민주주의는 반드시 승리하고야 만다'

나는 이 신념 하나를 가지고 여지껏 살아왔습니다.

사람은 꿈이 있으면 살고 꿈을 잃으면 죽습니다. 개인도 그렇고 민족과 국가도 그렇습니다. 사업에 실패한 가장이 꿈을 잃고 절망에 빠지면 '동반 자살'밖에는 대안이 없습니다. 그래서 덴마크의 철학자 키에르케고르는 그의 유명한 저서 〈죽음에 이르는 병〉에서 "죽음에 이르는 병은 절망이다"라고 결론지었습니다.

일제 35년이 굴욕과 모멸의 세월이었지만 이승만·김구는 독립을 위해 망명 생활을 마다하지 않았고 월남 이상재, 도산 안창호, 남강 이승훈, 고당 조만식은 국내에서 '조선 독립'

의 꿈을 버리지 않았습니다. 3·1 독립운동이 전국적으로 벌어진 사실도 이 겨레에게 그 꿈이 있었음을 확증하는 것입니다.

오늘의 대한민국 국민의 꿈은 무엇입니까? 각자가 돈이나 왕창 벌어서 잘 먹고 잘 살면 "이 아니 족할까"입니까? 단군이 그 가슴에 품고 고조선을 세운 큰 꿈이 '홍익인간弘益人間'이라면 그 꿈은 오늘도 살아서 숨을 쉬어야 마땅하지 않을까요?

세계 평화가 단군 이래로 한국인의 꿈입니다. 그보다 더 고상한 꿈은 없습니다. 우리는 그 꿈을 위해 이 땅에 태어났고 우리는 그 꿈을 위해 목숨을 바칠 각오를 해야 합니다.

자본주의, 민주주의가 최선의 선택일까요 ❓

우리나라는 자본주의와 민주주의를 채택하고 있습니다.
그런데 우리 사회 안에서 자본주의와 민주주의에 대해
비판하는 사람도 많습니다.
또 사회주의적 성향을 띤 일부 제도를 우리 체제 안으로
가져오고 싶어 하는 사람도 있습니다.
과연 자본주의와 민주주의를 선택한 것이 최선일까요?
또 자본주의와 민주주의의 미래에 대해서도 알고 싶습니다.

순한 동물이 반드시 약한 동물은 아닙니다. 사나운 동물이 반드시 강한 동물이 아닙니다.

동물의 세계를 보면 '약육강식'이긴 하지만, 약한 놈은 다 죽고 강한 놈만이 살아남는 것이 아니라는 걸 알 수 있습니다. 물론 당장에 잡혀 먹히는 것은 약한 동물입니다. 하지만 무슨 이유 때문인지는 모르지만 잘 번성하는 것은 약한 동물들이고 오히려 맹수들이 지구상에서 점차 찾아보기 어려워집니다.

모든 생명체에 있어서 가장 절실한 과제는 생존입니다. 먹는 것이 생존의 필수적 조건이므로 모든 동물은 어떤 수단과

방법을 동원해서라도 먹기 위해 최선을 다해야 합니다. 그러나 맹수에게도 하나의 '룰'이 있습니다.

물소 한 마리를 호랑이 여러 마리가 들러붙어 격투 끝에 목덜미를 물어 쓰러뜨리고 그 고기의 끔찍한 향연이 벌어집니다. 그런데 맹수들은 일단 배불리 먹었으면 먹이를 그대로 두고 어디론가 사라집니다. 다른 약한 짐승들이 와서 순서대로 먹게 내버려둡니다.

인간 사회가 순리대로 잘 굴러가게 하려면 힘센 놈들이 힘 없는 자들의 빈약한 소유마저 다 앗아가면 안 됩니다. 가난한 사람들의 몫도 빼앗는 부자들은 장차 살아남기 어렵습니다.

그런 면에서 자본주의가 반성을 해야 할 때가 된 것 같습니다. 필요 이상의 욕심이 지구를 망치고 이 세상을 어지럽히고 있습니다. 다른 동물들의 세계에서도 맹수들이 순리를 무시하고 행패를 부리면 사나운 짐승들의 멸종이 촉진될 것인데 하물며 사람 사는 세상이야 어떻게 될 것인지 뻔하겠지요. 도덕 없는 자본주의는 살아남기 어렵습니다. 자본주의가 사납기만 하니 스스로 망하려고 작심한 것일까요?

백성百姓이라는 낱말은 군왕이 있어 나라를 다스리던 때의 용어인지라 오늘의 민주사회에서는 별로 쓰이지 않습니다. 그러나 따지고 보면 '국민'이라는 낱말과 다르지 않습니다.

이성계는 조선 태조로 즉위하면서부터 성姓을 잃었습니다. 정종도 태종도 세종도 문종도 단종도 '성'은 없었고 그렇기 때문에 잡다한 '성'을 가진 일반 백성과는 구별돼야만 하는 존재였다고 하겠습니다.

"민심民心은 천심天心이다"라는 말은 어진 임금은 백성의 마음이나 처지를 헤아려 주어야 한다는 뜻에서, 백 가지 '성'을 가진 사람 중에서 누군가가 한 말입니다. 그 말이 결코 임금의 입에서는 나오지 않았을 것입니다.

그러나 곰곰이 생각해 보세요. "민심은 천심이다"라는 격언에서 민주주의가 생긴 것 아닙니까? '백성'이라는 말 대신에 국민이니 시민이니 민중이니 하는 낱말이 유행하면서 '민주주의'도 자리를 잡았고, 민중의 뜻을 알기 위해 '선거'라는 제도가 마련되었을 것입니다.

그러므로 '다수결多數決'은 민주주의의 기본이 될 수밖에 없는데, 한 표를 더 받은 '갑'이 한 표를 덜 받은 '을'을 향해 이래라 저래라 하게 되는 것입니다. '과반수(過半數)'가 안 되어 '결선 투표'까지 가야 한다면 민주주의는 더욱 복잡하고 비용이 엄청 많이 드는 '민심 헤아리기'라고 여겨집니다. 선거가 과연 가장 우수한 지도자를 뽑는 방법일까? ─ 매번 선거를 치를 때마다 우리는 이런 의구심을 가지게 됩니다.

누구나가 행복하게 살기를 바라지만 막상 "행복의 내용이 무엇인가?"라고 물으면 대답하기 어렵습니다. 사람은 무엇을 행복이라고 하는지 확실한 답을 찾을 수는 없습니다.

가끔은 행복의 여부를 묻는 것이 실례가 됩니다. 중병에 걸려 수술이 불가피한 환자에게 행복하냐고 묻는 것도 결례이고, 대학 입시에 낙방한 재수생을 향해 행복을 거론하는 것도 잘못입니다. 투전판에서 큰돈을 잃은 사람은 절망의 음침한 골짜기를 헤매고 있을 텐데 "행복을 이야기해볼까?"라고 말을 붙이면 화를 낼 것이 뻔합니다.

자본주의 사회에서는 돈만 있으면 다 된다고 잘못 알고, 시간만 있으면 입에 거품을 물고 '돈, 돈, 돈' 하는 자들이 있기는 합니다. 영어 격언에도 "돈이면 다 된다.Money talks."라는 말은 있지만 "돈은 전능하다.Money is almighty."라는 말은 통용되지 않는 것 같습니다.

자본주의가 극도로 발전했다는 미국의 어느 가게에서 물건을 넣어 손님에게 건네주는 상자에 이런 문자가 적혀 있었습니다. 글자가 하도 커서 먼저 눈에 뜨이는 두 글자는 "믿으라Believe", "사랑하라Love"라는 두 마디이고, "영감을 주라Inspire"와 "꿈을 가져라Dream"라는 문자도 보입니다.

일상생활에서 실천에 옮겨야 할 글귀는

1) 기쁨을 가꾸세요

  Cultivate joy

2)친절한 행위를 수시로 실천에 옮기세요

  Practice random acts of kindness 입니다.

이 글귀들은, 진리는 아주 먼 곳에 있지 않고 매우 가까운 곳에 있다고 느끼게 합니다.

미국의 제32대 대통령 프랭클린 루스벨트는 1941년 1월 6일, 의회에 보낸 '연두교서'에서 네 가지 자유Four Freedoms를 언급하였습니다.

1) 말하는 자유, 글 쓰는 자유

  Freedom of speech and expression

2) 신앙의 자유

  Freedom of worship

3) 궁핍으로부터의 자유

  Freedom from want

4) 공포로부터의 자유

  Freedom from fear

이 네 가지 자유를 말하면서 매번 '세계 어디서나Everywhere in the world.'를 덧붙였습니다. 루스벨트는 이러한 자유가 미국이나 영국이나 프랑스에서뿐 아니라 한국이나 일본이나 중국이나 독일에서도 반드시 존중돼야 한다는 뜻이었습니다. 그 날, 그 자리에서 미국 대통령은 미국이 마땅히 나가야 할 길을 분명하게 제시하였습니다.

헝가리가 소련의 질곡에서 벗어나 해방된 지 얼마 후 나는 부다페스트를 방문한 적이 있습니다. 강 하나를 사이에 두고 부다와 페스트가 함께 있는데, 그중 페스트에 있는 '칼 마르크스 대학'에 들렀습니다. 그런데 그 대학은 이미 '자유 대학'으로 교명을 바꾼 후였습니다. 마르크스가 '자유' 때문에 그 자리에서 밀려난 셈입니다.

나는 후배들에게 "역사의 주제는 '자유'다"라고 가르쳤습니다. 그것이 내가 파악하고 터득한 진리라고 믿고 있습니다. 오늘 한국뿐 아니라 미국, 일본, 중국이나 러시아에서도 절실하게 필요한 것은 루스벨트의 '네 가지 자유'입니다. "세계 어디서나" 말입니다.

나는 예전부터 말을 하는 사람으로 살아왔습니다. 젊어서는 서서 큰소리로 책상을 치며 당당하게 말을 했습니다. 내가 펴낸 책 중에는 〈서서 말하는 까닭〉이라는 제목의 책도

한 권 있습니다. 젊어서 내가 줄곧 한 말은, "독재는 안 된다. 군사 독재는 더욱 안 된다"라는 한 마디였습니다. 일관된 그 주장 때문에 출세도 못하고 직장에서도 밀려나고 안양교도소에 가서 힘든 세월을 보내야만 했습니다. 풀려난 뒤에도 목청을 돋우어 "민주주의를 합시다"라고 외치면서 살았습니다.

덧없이 세월은 가고 나는 '90 노인'이 되었습니다. 이제는 서서 말하기가 힘이 들어 앉아서 말을 할 수밖에 없지만 그래도 할 말은 있습니다. 할 말은 합니다.

나는 일제 시대에 태어나 성인이 되었기 때문에 일제 하의 민족의 참상을 잘 압니다. 해방의 감격도 아직 내 가슴 한 구석에 그대로 남아 있고 조국 분단으로 생긴 혼란도 경험하였고 6·25전쟁도 겪으면서 동족상잔의 비극 속에서 나는 살아남았습니다. 그리고 한평생 역사를 공부하였기에 역사의 방향도 어느 정도 짐작하고 대한민국이 나가야 할 길을 내다보고 있기 때문에 특히 젊은이들에게 할 말이 있습니다.

오늘 내가 앉아서 하는 말을 요약하자면, "자유민주주의를 사수하고 시장경제를 빨리 정상화시키라"라는 것입니다. 자유민주주의를 지키지 못하면 우리에겐 살 길이 없습니다.

인간에게 종교란 어떤 존재인가요 ❓

세상 모든 사람이 천지창조나 부처의 행적,
예수의 부활 등 종교적 사건에 대해 믿지는 않습니다.
얼핏 생각하면 터무니없게도 여겨지는 사건들인데도
이 사건들을 바탕으로 한 종교는 꾸준히 이어져 내려옵니다.
더구나 상상 이상의 큰 힘을 발휘하기도 합니다.
대체 종교는 인간에게 어떤 존재이기에 그런 큰 힘을 지니는 걸까요?

종교에 대한 근원적 질문은 "해는 왜 뜨는가?" 또는 "밤하늘의 별들은 왜 빛나는가?"라는 질문 못지않게 대답하기 어렵습니다. 지구상의 모든 동물이 진화의 과정을 겪고 오늘에 이르렀을 것입니다. 하지만 현존하는 동물 중에서 종교를 문제 삼는 동물은 오직 인간 한 종류뿐입니다. 물론 '만물의 영장'이라 일컬어지는 인간의 특징이 종교에만 국한된 것은 아니지만 말입니다.

천재지변을 당했을 때, 뜻하지 않았던 불행이나 불상사에 직면했을 때, 우리만이 아니라 우리의 조상들도 '절대자'에 도움을 빌었을 것입니다. 대자연의 무서운 변덕의 배후에는 어떤 '신령한 힘'이 도사리고 있다고 믿을 수밖에 없었을 것입니다.

인간에게 군림하는 모든 힘의 배후에는 '신神'이 존재한다고 믿었기에 고대 그리스 사람들은 상상력을 동원하여 제우스Zeus를 비롯해 남녀 '신들'을 만들고 섬기며 살았습니다. 우리 조상들도 하늘에는 '한울님'이, 물에는 '물귀신'이, 산에는 '산신령'이 있다고 믿었습니다. 그래서 돌아가신 조상들에게만 제사한 것이 아니고, '알 수 없는 영혼들'에게도 빌었습니다. 유물론·무신론으로 80년 동안 철권 정치를 감행한 러시아의 레닌이나 스탈린은 '종교는 아편이다'라고 외치며 사람의 목숨을 파리의 목숨처럼 여겼습니다. 그러나 그들의 비밀경찰도 러시아의 전통적인 종교와 교회는 말살하지 못했습니다.

모든 인간은 죽는다는 걸 알고 있기 때문에, 인간은 시간의 영원함, 생명의 영원함을 믿지 않고는 불안해서 하루도 삶을 누릴 수 없는 것 아니겠습니까? 우리가 하나님(절대자)이라고 잘못 알고 있는 그 하나님은 존재하지 않는다 해도, '전지全知, omniscience, 전능全能, omnipotence, 무소부재無所不在, omnipresent'한 창조주를 인정해야 우리의 존재도 인정되는 것이 순리입니다.

자연 위에 '초자연'이 있고, 시간 위에 '영원'이 있고, 죽음

뒤에 '영생'이 있다고 믿을 수만 있다면 인생의 마지막 원수인 '죽음'을 두려워하지 않아도 됩니다.

셰익스피어는 "이렇게 왔다 이렇게 가는 것을"이라는 유명한 한 마디를 남겼습니다. 그 말만 되새긴다면 인간의 삶처럼 허무한 것은 없습니다. 이 세상에 오는 것이 제 뜻이 아닌 것처럼 이 세상을 떠나는 것도 제 뜻이 아니라면 인간은 세상에서 가장 한심한 존재라는 생각이 듭니다.

70년을 넘어 80년을 살 수 있는 인생이 되었다고 자랑하지만 인간 수명은 시간의 영원함에 비하면 찰나에 지나지 않습니다. 그렇기 때문에 인간의 삶에 자랑할 것이란 아무것도 없습니다.

사람이란 태어나는 일도 어렵고, 먹고 사는 일도 어렵고, 병들어 고생하는 일도, 이 세상을 떠나는 일 또한 어렵습니다. '인생고해人生苦海'라는 말이 있듯이 정말 괴롭게 살다 괴롭게 가는 것이 인생이라고 해도 지나친 말은 아닐 것입니다. 이런 인간의 삶에 비하면 오히려 다른 동물들의 삶에는 이렇다 할 고통도 없다고 할 수 있겠습니다.

이런 논리를 전개시켜보면 인간만이 언제부터인가 시간의 영원을 생각하게 되었다는 결론에 이릅니다. 그래서 종교가 생긴 것입니다. 그래서 천국과 지옥을 상상하게 된 것입니다. 다른 동물들에게는 약육강식과 생존 경쟁의 본능밖에 없습니다. 만일 인간이 천사가 되고자 하는 노력을 하지 않고 동물로 살기만을 힘썼다면, 그리고 전혀 시간의 영원을 생각하지 않고 먹고, 자고, 번식만 하였다면 결코 인류가 만물의 영장이 되지는 못하였을 것입니다.

종교가 잘못한 일이 많습니다. 더구나 제도화된 종교는 더욱 그렇습니다. 그러나 앞으로의 과학은 종교의 잘못된 사고를 많은 부분 바로잡아 줄 것입니다. 그리고 영원이라는 개념 하나는 지금보다도 더 존중하는 그런 세상을 만들어줄 것입니다.

세계의 인구가 얼마나 되는지를 정확하게 알 수는 없습니다. 그런데 몇 년 전 세계 인구는 71억6천7백만 명으로 집계되었습니다. 그때 통계에는 신·구교를 합하여 기독교인의 수가 22억 명이 된다고 했습니다. 이슬람 신도는 16억 명, 종교가 없는 사람이나 무신론을 주장하는 사람을 다 합치면 11억 명은 됩니다. 힌두교도 10억 명, 불교 신자 3억7천6백만 명, 중국적 종교의 신도는 4억 명쯤 됩니다. 유태교인은 겨우 1천4백만 명입니다.

세계 4대 종교라고 하면 기독교, 이슬람교, 불교, 유교를 듭니다. 천주교와 개신교가 갈라선다면 세계 최강의 종교는 이슬람교회교입니다. 이슬람 국가s를 지향한다는 결사대는 기독교를 상대하기는 어렵기 때문에 무신론자들의 세계에 파고들어 '알라의 신'의 뜻을 전하려 합니다.

사교邪教는 종교라고 할 수 없습니다. 상식에서 벗어난 허망한 이야기는 다 미신迷信에 속한 것이므로 논할 여지가 없고 '참' 종교의 가르침은 언제나 어디서나 하나입니다. 인仁이라 하건 자비慈悲라 하건 쉬운 말로 하자면 주제와 본뜻은 '사랑'입니다.

"네 이웃 사랑하기를 네 몸과 같이 하라" – 이것이 율법인 동시에 율법의 완성입니다. '미움'으로 '사랑'을 전할 수는 없습니다. 종교가 전쟁을 하는 것이 아니라 전쟁을 하고 싶은 사람들이 종교를 들고 나오는 것뿐입니다.

왜 사는가에 대한 질문을 어리석은 질문이라고 따돌리는 사람이 많습니다. 그래서 태어나서 죽을 때까지 자신을 향하여 한 번도 왜 사느냐고 묻지 않고 끝내는 사람도 많습니다. 그러나 이런 어리석은 질문을 던져보는 것이 어리석은 인간의 심정입니다.

우리는 왜 살아야 하는 겁니까? 태어났기 때문에 할 수 없이 산다고 털어놓는 사람도 많을 겁니다. 하기야 오고 싶어서 온 세상도 아닌데 무슨 뚜렷한 대답이 있겠습니까. 그런 질문을 받고 빙그레 웃었다는 시인도 있습니다. 대답할 말을 찾지 못한 것이죠.

　모든 동물은 먹어야 살고 그것이 인간이라는 동물에게 있어서도 가장 심각하고 절실한 문제입니다. 흔히 밥벌이라고 하지만 밥을 벌어먹는 일이 결코 쉬운 일은 아닙니다. 인구의 절대 다수가 자작농이건 소작농이건 농사를 지어 먹고 살던 때는 흉년이 되지 않는 한, 또는 역병이 돌지 않는 한 먹고 사는 일이 비교적 안정돼 있었습니다.

　그러나 산업사회가 되면서부터 농촌 인구는 줄고 도시에 모여서 사는 사람들이 압도적으로 많아지니 주기적으로 찾아오는 경기 후퇴와 구직난이 이만저만이 아닙니다. 농경사회가 산업사회로 바뀌면서 심각한 문제가 또 하나 발생한 셈입니다. 그것은 각자가 나면서부터 타고난 자존심을 지키고 살기가 무척 어려워졌다는 사실입니다. 현대인이 추구하는 가치가 자유와 평등인데 자유가 있는 곳에는 평등이 있기 어렵고 평등하려면 개인의 자유가 구속될 수밖에 없습니다.

　이 딜레마 속에서 자존심을 유지하기 어려운 사람들이 신경쇠약에 걸릴 가능성이 많습니다. 현대인에게 정신 질환이 많은 까닭이 바로 여기에 있습니다.

　그래서 나는 종교의 필요성을 강조합니다. 사람이 사람만 상대하면 열등감 아니면 우월감에 사로잡히게 되는데 이것이 모두 정신병의 원인입니다. 종교는 사람만 상대하지 말고 하나님을 상대하라고 가르칩니다. 말로야 무엇이라고 하든 절대자, 하늘, 하나님을 상대하지 않고는 인간의 건강을 유지하기 어렵다는 사실을 나는 압니다.

원시시대의 종교는 현대인의 눈에는 몽땅 미신입니다. 원시인들도 신(神)을 찾는 노력을 하기는 했지만 만나지 못했습니다. '신'을 당당하게 만나서 그 절대자로부터 열 가지 계명을 받아온, 족장시대의 가장 두드러진 지도자는 이스라엘의 모세라는 사람이었습니다.

하지만 한심한 인간들은 모세가 '신'으로부터 직접 받아서 백성들에게 가져온, 돌에 새긴 그 율법, 즉 계명에 관심이 없었습니다. 모세는 화가 치밀어 그 석판石板을 내던져 깨지고 말았다고 합니다.

모세의 율법은 함무라비Hammurabi의 법전에서 베낀 것이라고 비방하는 사람들도 있습니다. 하지만 유사한 법전이 이미 있었다고 하더라도 '모세의 율법'을 '함무라비 법전'이라고 부를 마음도 없고 그렇게 부를 수도 없습니다. 예수가 인도에서 태어났다고 주장하는 책도 있습니다. 하지만 예수가 베들레헴의 말구유에서 목수의 아들로 태어난 기록은 어쩔 수 없는 역사적 사실이 되었습니다.

나는 한국 땅에 태어났기 때문에 불교 아니면 유교, 혹은 예수교 중 하나를 선택하게 되었습니다. 물론 '무종교'를 내세우며 자유롭게 이 집 저 집 드나들 수도 있었습니다. 하지만 종교의 선택은 배우자의 선택과 비슷하여 본인의 마음대로 결정하지 못하는 경우도 있습니다.

내 경우에는 나의 어머니께서 독실한 기독교 신자이셨기 때문에 나는 불교도나 유교도가 될 가능성이 전혀 없었습니다. 나는 나의 어머니의 신앙을 유산으로 물려받은 사실을 늘 자랑스럽게 생각하며 이날까지 살아왔습니다.

나는 되도록 미신을 멀리하려고 노력을 하면서 나의 신앙을 지키고 살아왔습니다. 그래서 나는 내 주변에 모인 아주 가까운 소수에게는 나의 신앙을 간증하기도 합니다. 길건 짧건, 멀리건 가까이건 함께 가고 싶은 간절한 마음이 있기 때문입니다.

죽음에 대해 어떻게 받아들여야 하나요 ❔

인간은 누구나 죽음을 앞두고 있습니다.
다만 남은 시간이 저마다 다를 뿐이지요.
누구에게나 닥쳐오는 그 죽음에 대해
우리는 어떻게 생각하고 어떻게 받아들여야 할까요?

히말라야의 산봉우리를 우러러보면서 생긴 네팔의 수도 카트만두에는 여러 가지 성품의 신들이 밀집해 살고 있습니다. 그중에서 가장 무섭다는 '죽음의 신'을 섬기는 사원이 있지요. 그 절은 사람들이 보기만 해도 겁이 나게 꾸며져 있습니다.

그 사원에서 기도를 마치고 나오는 중년의 신도 한 사람을 방송사의 취재진이 만나서 물었습니다.

"무슨 기도를 올리고 나오는 겁니까?"

그 신도가 차분한 표정으로 웃으며 말했습니다.

"제 명에 죽을 수 있게 해 달라고 빌었습니다. 사람이 살다가 낭떠러지에서 떨어져 죽거나 차에 치여 죽거나 하는 횡사橫死는 면하게 해 달라고 빌었습니다."

그는 자신만만한 표정을 지었습니다.

유가儒家에서는 오복五福을 말하는데 그 순위는 수壽, 부富, 강녕康寧, 유호덕攸好德 그리고 마지막 다섯 번째가 고종명考終命입니다. 오래 사는 것도 중요하고 돈도 필요하고 몸과 마음의 평화도 있어야 하고 덕스러운 삶도 누려야 합니다.

하지만 카트만두의 죽음의 사원에서 기도하고 나오는 중년 사나이의 말대로 횡사하지 않고 천수를 누리는 것이 인간의 복이지요. 더 나아가 가능하면 영원히 죽지 않는 것이 인간의 간절한 소망이라 하겠습니다.

인간에게 죽음이 있기 때문에 그 죽음을 극복하기 위하여 종교가 있다고 말할 수 있습니다. 오늘의 종교인들뿐 아니라 이집트의 파라오도 생명이 영원하기 바라는 마음을 품고 죽음을 맞이했습니다. 죽음을 말하기조차 싫어하는 사람이 많지만 죽음이 없으면 영생도 없고 영생이 없으면 종교도 없습니다. 사람이 사람답게 살 수 있는 것은 사람만이 살아서 '잘 죽을考終命' 생각을 할 수 있기 때문입니다.

오늘 지구상에 사는 75억 인구 중 대부분이 자기가 태어난 날은 알고 있습니다. 하지만 그 중에 한 사람도 자기가 죽을 날은 모른 채 살아갑니다. '죽기 5분 전을 위하여'라는 제목의 글을 쓴 사람이 있습니다. 그는 만일 죽기 전에 5분의 시간이 허용된다면 신약성서 마태복음에 '산상수훈'을 읽겠다고 하였습니다. 앞으로 살 날이 단 하루밖에 없다는 사실을 확실히 알 수 있다면, 그 주어진 24시간에 그는 무슨 일을 할 것인가 궁금하게 여겨집니다.

살아 있는 모든 사람에게는 이름 다음에 괄호가 있고 그 괄호 안에는 생년월일만 적혀 있습니다. 그런데 이미 세상을 떠난 사람들에게는 생년월일에 잇따라 대시(─)가 있고 사망한 연월일이 적혀 있습니다. 오늘 지구상에 1900년 이전에 태어난 사람은 단 한 사람도 남아 있지 않고 다 이 세상을 떠났습니다. 만일 사람이 자기가 죽을 날을 알고 있다면, 그는 거짓말을 하지 않으리라고 믿습니다. 만일 최후의 심판이 있다면, 그는 그 거짓말이 문제가 될 것을 알고 있기 때문입니다.

"죽기 직전에 새들이 부르는 노래는 슬프고, 죽기 직전에 사람들이 하는 말은 선량하다"라는 속담이 있습니다.

죽을 날을 알면서 죽기 직전에 남들을 향해 욕지거리를 하고 싶어 하는 자는 없을 것입니다. 되도록 남들에게 선량한 모습을 보이고 싶어할 것입니다. 남을 미워하는 일도 최후의 심판 때에 문제가 되리라는 것을 그 자신도 알고 있기 때문입니다.

우리 모두에게 그날은 다가오고 있습니다. 그런 사실을 알면서 거짓말을 하고 이웃을 미워 할 수 있겠습니까? 출생신고에 생년월일과 함께 사망 예정 연월일이 적힐 수 있다면 이 세상은 훨씬 더 살기 좋은 세상이 될 것입니다.

내가 태어나던 날 하나님의 천사가 나타나 "너는 앞으로 90년을 살겠다"라고 일러주었다면 나는 그 천사에게 "농담이시겠죠. 저는 그렇게 오래는 못 삽니다"라고 하였을 것입니다. 물론 그때는 내가 아직 말을 배우지 못해서 묵묵부답이었겠지만요.

장수하는 시대가 이 '고요한 아침의 나라'에도 찾아왔습니다. 그래서 나를 향해 "선생님, 100세는 사시겠습니다" "아니 120세는 사셔야 합니다"라며 저도 잘 모르는 이야기를 지껄이는 후배가 많습니다.

나는 "글쎄"라고 한 마디하고 쓴웃음을 웃습니다. 90세 살기도 힘이 드는데 거기다 10년, 20년, 30년을 요 모양으로 더 살라고 축원하는 것은 실례가 아닐까 생각합니다.

모든 한국인의 평균 수명이 엄청 늘었다 하여 우리가 누리는 행복의 세월이 늘어난 것은 아니고 오히려 고생스러운 날들을 더 오래 살아야 하는 것이 우리의 현실입니다. 쉽게 말하자면 행복한 세월은 짧아지고 인고의 세월만 길어졌다는 말입니다.

인생의 주제가 '행복'일 수밖에 없는데, 이것이 만고불변의 진리인데, 그 행복에서 점점 멀어지는 이 시대를 노래한다는 것은 좀 이치에 어긋나는 일이라고 여겨집니다. 멀고 먼 내일을 생각하지 말고 오늘 하루만이라도 행복을 누리겠다 결심하고 그 행복을 만들어내는 궁리를 하는 것이 행복의 나라로 가는 지름길이 될 것이라고 믿습니다.

'세월'이라는 말은 '시간'이라는 말과 다를 바 없겠지만 듣기에는 매우 낭만적입니다. 옛날 글에는 '시간'이라는 낱말이 쓰이지 않았으니 '세월' 하면 옛날이 그리워지는지도 모릅니다. 중국 송대의 대학자 주희는 '학문을 권하는 글'에서 '일월서의 세불아연日月逝矣 歲不我延', 즉 "해와 달은 가는 것, 세월이 나를 기다려주지 않는다"라고 하였습니다.

그러나 주희가 던진 기막힌 한 마디는 '오호노의 시수지건嗚呼老矣 是誰之愆 : 아, 나 이제 늙었으니 이것이 모두 누구의 허물인고'입니다. 늙은 몸이 노년을 살아간다는 일이 얼마나 어려우면 "이것이 모두 누구의 허물인고"라는 말이 튀어나왔겠습니까. 탓할 수 있는 대상이 꼭 하나 있다면 그것은 세월일 뿐, 누구도 탓할 수 없는 것이 노인의 심경입니다.

대학자 주희는, 학문하는 길은 멀고 또 멀어 크게 성공할 길이 아득하기만 한데 팔다리에 힘은 빠지고 동작이 느려진 것뿐이 아니라 눈도 잘 안 보이고 귀도 잘 들리지 않는 자신의 노경을 처절하게 한탄한 것입니다.

'소년행락少年行樂'이 그리워서 비명을 지른 주희가 아니라는 사실을 우리는 잘 압니다. 그런 그리움은 전혀 없었을 것입니다.

젊은 사람보다는 늙은 사람이 '죽음'을 더 많이 생각하게 마련입니다. 누구에게나 그 날은 하루하루 다가오는 것이지만 노인에게 있어서는 더욱 절실합니다. 이 관문을 어떻게 통과하느냐 하는 문제는 이미 살아온 기나긴 세월보다도 백 배는 더 심각한 과제입니다. 주변의 가까운 사람들에게는 "마음 놓고 떠나기만 하면 된다"라고 알려주지만 그것이 결코 쉬운 일은 아닐 겁니다.

'사는 날까지'라는 말과 '죽는 날까지'라는 말이 꼭 같은 말인 걸 우리는 모르고 살고 있습니다. 함석헌 선생이 쓰신 책 중에 〈죽는 날까지 이 걸음으로〉라는 책이 있는데, 그 제목은 〈사는 날까지 이 걸음으로〉이라고 바꿔도 잘못이 없다는 말입니다.

인간은 오늘도 삶과 죽음이 극에서 극인 것처럼 잘못 알고 살아갑니다. 따지고 보면 죽음을 전제하지 않고는 삶이 아무런 가치도 없습니다. 그런데 어리석은 인간은 죽음의 공포 때문에 길지도 않은 짧은 삶을 망치고 있는 겁니다.

6·25전쟁이 일어나 부산으로 피란 갔던 때 본 것입니다, 광복동에 2층 건물이 있었는데, 위층에는 결혼식장이 마련돼 있고 아래층에는 장의사가 영업을 하고 있었습니다. 인생에 있어 가장 심각한 것이 '사랑'과 '죽음'인데 그 중대한 두 가지 일이 한 건물에서 이루어진다는 말입니다. 그 2층에서 오직 '사랑' 때문에 혼인을 감행한 젊은 남녀는 50년 또는 60년, 그 2층에서 내려와 세상을 헤매다 결국은 그 건물의 1층으로 돌아와 삶을 마감하게 될 것입니다.

그래서 나는 인생을 이렇게 요약해 보았습니다.

이 세상에 태어나 고생하다가
봄·여름·가을이 덧없이 가고
눈 내리는 어느 날 늙고 병들어
왔던 곳 찾아서 되돌아가네

삶과 죽음을 하나로 보는 게 옳다고 나는 믿습니다.

윌리엄 셰익스피어William Shakespeare, 1564~1616는 엘리자베스
1세 여왕과 같은 시대 인물입니다. 여왕은, 영국이 식민지인
인도를 버리는 한이 있어도 셰익스피어를 버릴 수 없다고 했
답니다. 사실인지 아닌지는 나도 모릅니다. 그래도 그가 영
국 최대의 시인이요 극작가라는 사실은 의심의 여지가 없습
니다.

셰익스피어는 실제 인물이 아니고 그의 작품들은 다른 여
러 사람이 쓴 것이라는 설도 있습니다. 그러나 오늘 셰익스
피어 전집에 실린 모든 작품은 그가 스스로 쓴 것이라고 믿
을 수밖에 없습니다.

그는 희극도 썼지만 희극보다는 비극이 더 무게가 있습니
다. 그리스의 경우도 그렇습니다. 소포클래스나 유리피데스
같은 비극 작가가 먼저이고 아리스토파네스는 그들 다음에
등장하는 희극 작가입니다. 아마도 인생 자체가 비극적이기
때문에 그런 것이겠죠.

오늘도 〈햄릿〉을 읽고 셰익스피어와 함께 인생 자체를 고
민하는 사람이 많을 것입니다.

"존재를 유지할 건가 아니면 포기할 건가, 그것이 문제로다"

"To be or not to be ; That is the question."

이렇게 말입니다.

또 "이렇게 왔다 이렇게 가는 것을"이란 이 한 마디는 다른 어떤 긴 글보다도 인생의 참모습을 처절하게 표현한 것이라고 나는 믿습니다. 모든 인생은 누구나 왔다 가는 것입니다. 죽음도 그런 생각을 전제하고 받아들여야 합니다.

동서양을 막론하고 소크라테스469~399 BC를 인류의 스승이라고 추앙합니다. 플라톤이 없었으면 소크라테스는 역사에 파묻혀 이름도 몰랐을 것이라고 말하는 사람도 많지만 그것은 잘못된 견해입니다.

소크라테스는 글을 써서 남긴 것도 없고 학교를 세워 학파를 조성한 적도 없습니다.

그러나 그는 한평생 "너 자신을 알라"라며 특별히 젊은 사람들에게 깨우침을 주려고 노력하였습니다. 그러나 그를 비방하는 사람이 많아 그는 결국 체포되어 재판에 받았습니다. 죄목은 젊은이들을 선동하여 잘못된 길로 가게 한다는 것이었습니다. 그는 재판에서 사형 언도를 받았습니다. 사형수였지만 감시가 소홀하여 도망을 가면 살 수도 있었습니다. 그는 죽음을 피하려 하지 않았습니다.

제자인 플라톤이 어느 날 찾아와서 "선생님께서 무슨 죄가 있어서 사형을 당하셔야 합니까? 저는 받아들일 수 없습니다"라고 말했습니다. 그러자 스승 소크라테스는 태연한 자세로 그 제자에게 이렇게 말했답니다.

"그럼 자네는 내가 죄가 있어서 죽는 게 좋은가? 죄가 없이 죽는 게 좋지."

이런 말을 보통 스승은 하지 못할 것입니다. 소크라테스는 그 제자에게 죄가 없이 죽는 것이 자랑스럽다는 사실을 알게 하고 싶었을 것입니다. 아무래도 살다가 죽어야 하는 것이 사람인데 이왕이면 죄 없이 죽고 싶다는 소크라테스의 말에는 큰 진리가 함축되어 있습니다.

그는 아무 말 없이 사약을 마시고 그의 70년 삶을 끝냈습니다.

인류의 문명·문화가 상상도 못할 만큼 크게 발전하였다지만 환자는 여전히 많습니다. 크고 작은 병원마다 앓는 사람이 차고 넘칩니다.

내가 젊었던 시절에는 가장 무서운 병이 암이 아니라 폐결핵이었습니다. 이상하게도 똑똑하여 공부 잘하던 친구들이 이 병에 걸렸습니다. 그들은 학업을 중단하고 마산에 있는 국립 결핵요양원에 가서 계속 책을 보며 몇 년씩 치료를 받기도 하였습니다.

그곳이 '수재들의 집합소'여서 함석헌 선생께서는 그들을 보시려고 1년에 한두 번은 마산요양원에 가셨습니다.

폐병은 이제 병도 아니라 하고 그 대신 암이 가장 무서운 킬러로 등장하여 사람들은 이 병마 앞에서 벌벌 떨고 있습니다. 의사가 환자를 향해 "암 3기입니다"라고 진단 결과를 알려주면 그것이 법정에서의 '사형 선고'와 같은 것이어서 환자 자신만이 아니라 온 식구가 다 통곡하게 됩니다. 이미 초상집이 된 것이나 다름없다고 생각되기 때문입니다.

70세나 80세를 넘긴 노인들은 의사가 "암입니다"라고 '선고'하면, "알았습니다. 곧 떠날 준비를 하겠습니다"라고 할 수 있어야 하는데 인간의 현실은 그렇지 않습니다. 또 얼굴에 미소를 띠며, "알았습니다. 그동안 수고가 많으셨습니다"라며 오히려 의사를 위로하는 환자는 백에 하나도 없습니다.

'사형 선고'를 받은 환자는, "좀 살려주세요. 의사 선생님!" 하며 '사형'에서 '무기'로 감형이라도 되게 해달라고 '재판장'에게 애원하기가 일쑤입니다. 죽을 준비가 전혀 안 되어 있기 때문입니다.

하기야 제대로 준비를 다 하고 자기의 죽음을 맞이하는 사람이 과연 몇이나 되겠습니까? 모두가 시카고의 유명한 도살장에 끌려가는 소와 다를 바 없어 보입니다. 이런 생각을 하면 인생이 너무 초라하고 비참하게 느껴집니다.

사람이 70세를 넘으면 국가가 경영하는 '죽음을 생각하는 학교'에 입학하여 소정의 과정을 이수토록 해야 하지 않을까요?

"어떻게 살 것인가?"에 관련된 공부는 많이 시키는데 "어떻게 죽을 것인가?"에 관련된 가르침이 전혀 없다는 것은 슬픈 일입니다.

"앓다가 죽자"라는 속담은 없습니다. 그러나 "앓느니 죽지"라는 속담은 있습니다.

이 한 마디에는 조상들의 지혜가 스며 있습니다.

희망은 어디서 찾을 수 있을까요 ❓

> 예전에 〈파랑새를 찾아서〉라는 제목의 책을 본 적이 있습니다.
> 대개의 경우 '파랑새'는 희망을 상징합니다.
> 그런데 희망을 상징하는 동물이 왜 하필 날아다니는 새일까요?
> 그만큼 희망을 잡기가 힘들다는 얘기일까요?
> 대체 어디에 가야 희망을 만날 수 있을까요?

근년에는 '동물의 세계'라는 프로가 자주 TV에 방영되기 때문에 찰스 다윈Charles Darwin, 1809~1882을 가끔 생각하게 됩니다. 특히 침팬지 같이 사람을 많이 닮은 동물들의 생태를 들여다보면서 진화에 정말 오랜 시간이 걸렸겠다는 생각을 하게 됩니다.

원숭이가 우리의 조상이라는 확실한 증거는 없습니다. 그러나 침팬지의 얼굴을 자세히 들여다보면 호모사피엔스를 자부하는 우리와 비슷한 점이 너무 많다고 느끼게 됩니다. 침팬지도 두 발로 서서 뛰는 때가 간혹 있지만 아직도 앞다리, 뒷다리를 써야 하는 동물입니다.

인간의 조상이 원숭이라는 말은 인간에 대한 모욕처럼 느껴지고 〈종의 기원〉을 저술한 다윈은 여러모로 박해를 많이 받았지만 그의 학문적 양심을 의심하는 사람은 없었습니다.

지금은 진화론이 문명한 사회의 상식의 일부가 되었지만 '창세기'의 기록을 문자 그대로 믿어야만 구원을 받을 줄 알던 많은 크리스천에게는 매우 충격적인 이론이었습니다. 그래서 한때 미국에서도 다윈주의를 가르치는 일은 몇몇 주에서 법으로 금지되어 있었습니다.

'적자생존', '약육강식'과 같은 이론으로 사회를 바라보는 학자도 많이 생겨, 다윈주의 때문에 평온하던 인간의 삶이 졸지에 아수라장이 되었다고 잘못 알고 있는 사람도 적지 않습니다. 그러나 그의 고달픈 연구 생활이 인류에게 새로운 희망을 준 것은 분명합니다.

지금 이 시간에도 계속되고 있는 학자들의 끊임없는 연구가 우리에게 수많은 희망을 가져다 줍니다.

인생의 모든 일에는 양면이 있다고 하지요? 그러므로 한 면만 보고는 인생을 알 수 없습니다.

살면서 겪어야 하는 일 가운데도 낙관이 있고 비관이 있습니다. 아이들에게 비관하는 습관만 가르치는 교육은 잘못된 교육입니다. 교육의 주요 덕목이 가능성의 계발입니다.

그런데 사람이 어려운 일에 직면하였을 때 "나는 할 수 없어"라고 체념하면 발전이 있을 수 없습니다. 그러나 아무리 어려운 일일지라도 "나는 할 수 있어"라며 낙관적으로 대하는 사람은 성공할 가능성이 많습니다.

심리학자들에 말에 의하면, 학생들에게 철자를 외우게 하는데, 열 자 넘어 스무 자가 되는 긴 단어를 놓고 처음부터 "나는 이렇게 긴 단어는 암기 못해"라고 생각하는 학생은 그 단어를 암기할 수가 없다고 합니다. 그러나 그 긴 단어를 앞에 놓고 "내가 이 정도의 단어를 암기 못할 리가 없지"라고 생각하는 사람은 틀림없이 그 단어를 암기할 수 있다는 겁니다.

인생 만사가 그런 것 아닐까요? 나는 하루를 살아도 낙관적으로 사는 삶이 바람직하다고 생각합니다. 비관적인 생각을 하면서 10년을 사는 것은 전혀 보람 없는 일이지요. 교육하는 자세도, 교육받는 자세도 바뀌어야 할 때가 되었습니다.

비관에서 낙관으로!
절망에서 희망으로!

인류의 앞날도 우리 생각에 따라 바꿀 수 있다고 나는 생각합니다.

어제와 오늘 사이에 무엇이 있는가?

시간을 토막 지어 과거와 현재로 갈라놓고, 내일이 온다고 예언한 동물은 지구상에 오직 하나, 인간이라는 이름의 동물이 있을 뿐입니다. 해가 뜨고 해가 지는 것, 봄·여름·가을·겨울이 오고 가는 것, 그것이 다 대자연의 변화의 일부이고 시간으로 여겨지는 어려운 것입니다. 그런데 호모사피엔스가 등장하여 미래를 운운하게 되었습니다.

과거와 현재 사이에는 아무것도 없고 오직 인간이 있을 뿐인데 이제 와서 인간은 자기가 누구인지 잘 모른다는 고백을 하게 되었습니다. 과거 2000~3000년 전에 벌어진 급격한 변화가 사람의 정신 상태를 혼란에 빠뜨려, 인간은 너나 할 것 없이 일종의 위기의식에 사로잡혀 있습니다.

시속 300킬로미터로 달리는 고속 전철에 자리를 잡고 앉기는 했지만 창밖의 설경을 즐기기도 어렵고, 왜, 어디로 가는지를 모르기 때문에 다만 불안과 공포에 사로잡혀 있을 뿐입니다.

인간과 인간의 전통적 관계가 다 무너졌으므로 사람은 자기가 누구의 아들인지 알려고 하지도 않습니다. 인간의 최소한의 행복이라도 지킬 수 있는 가정이라는 울타리는 이제 거의 없어졌습니다.

어제와 오늘 사이에 끼어 있는 것이나 다름없는 인간이라는 존재를 과연 누가 구원할 수 있는 겁니까?

사람이 다시 사람이 되기를 위해 우리는 흩어진 가족을 모아 다시 '가정'을 만들어야 합니다. 아버지는 아버지가 되고 아들은 아들 구실을 해야 '인간성의 회복'이 가능합니다. 그것이 안 된다면 인류의 미래에도 희망은 없습니다.

부모가 그립지 않습니까? 거기서 다시 시작해야만 합니다. 오늘과 내일 사이에 아직은 시간이 좀 남아 있습니다.

희망을 버리지는 맙시다. 사람이 사람 구실하는 내일을 위하여 한 번 분발해 봅시다.

나의 어머니께서는 '웃기는 이야기'를 잘 하셨습니다.

그중에 이런 이야기가 있었습니다. 믿음이 좋다는 소문이 자자한 장로님 한 분이 비가 쏟아지던 날 우산도 받지 않고 그 비를 다 맞으며 싱글싱글 웃고 있었답니다. 이 광경을 보고 지나가던 사람이 물었습니다.

"장로님, 왜 비를 맞으며 그렇게 웃고 계세요?"

그 장로가 대답했습니다.

"하나님이 사람의 콧구멍을 땅을 향하게 만드신 게 고마워서 그래. 콧구멍이 하늘을 향하게 만드셨으면 쏟아지는 이 비가 다 어디로 흘러 들어가겠나?"

장로님이 다윈의 진화론을 전혀 모르고 하신 '우스갯소리'였겠지만, 비를 맞아도 웃는 사람이 있고, 보슬비를 피해 다니면서도 얼굴을 찡그리는 사람이 있는 것은 사실입니다. 이 시대에는 비관론이 팽배해 있습니다.

날마다 "못 살겠다"만 연발하는 사람이 많습니다. 경제가 나쁘고 정치가 어지럽다는 불평의 근거는 분명히 있습니다. 그러나 그런 현실을 바로잡으려는 노력은 전혀 하지도 않으면서 입만 벌리면 "못 살겠다"라고 죽는 소리만 하니 함께 앉아 있기가 거북합니다.

이것도 어머니께서 들려주신 재미있는 이야기입니다.

어떤 점쟁이가 이 나라에 앞으로 9년 동안 흉년이 계속될 것이라고 예언을 하여 백성들의 근심·걱정이 이만저만이 아니었습니다. 그런데 어느 동네에 "9년 흉년이 들어도 걱정이 없다"라는 자가 꼭 한 사람 있었답니다. 이 고을의 원님이 이 놈을 관아로 불러들였습니다.

"이놈아, 도대체 뭘 믿고 9년 흉년이 들어도 걱정이 없다는 거냐?"라고 원님이 물었습니다. 뱃장 좋은 이 사나이가 대답했습니다.

"원님, 저는 9년 흉년 때까지 살아 있지 않고 첫해 흉년에 굶어 죽겠습니다."

과연 '명답'입니다. 비관하며 오래 살지 말고 '낙관론'을 가지고 짧게 사는 것이 바람직하다고 생각합니다.

'비관'과 '낙관' 사이는 종이 한 장이 있다고 믿습니다.

과거와 현재, 미래 가운데 가장 중요한 것은 무엇인가요 **?**

과거는 현재의 바탕이 되니 반드시 알아야 하고 배워야 한다고 합니다.
또 현재가, 오늘이 가장 소중하니 오늘을 즐겨야 한다고도 합니다.
그런가 하면 미래가 없으면 희망도 없다고 합니다.
그렇다면 살면서 우리가 가장 중점을 두어야 하는 때는 언제인가요?
현재인가요, 과거 혹은 미래인가요?

어제는 이미 지나가버렸기 때문에 뺄 수도 없고 보탤 수도 없습니다. 그러므로 가장 무서운 것은 '과거'라고 할 수 있습니다. 역사를 달리 풀이할 수는 있어도 역사 자체를 바꿀 수는 없다는 말입니다. 그러므로 역사를 대하는 우리의 자세는 '사실을 사실대로'밖에는 용납될 수 없습니다.

그렇다면 '미래'는 어떤가요? 내일은 아직 오지 않았기 때문에 "이럴 것이다"라고 짐작할 수는 있지만 누구도 똑 떨어지게 분명한 '예언'은 하지 못합니다. 과학자의 예측도 들어맞지 않는 경우가 허다한데 어떻게 종교인의 '예언'을 믿으라고 합니까? 그래서 "확실한 건 오늘뿐이다"라는 말이 있는 겁니다.

그런데 내가 오늘 하고자 하는 말은 "오늘도 확실하지는 않다"라는 것입니다. 인물이나 업적에 대한 평가가 오늘 내려진 그대로가 아닌 경우가 있기 때문입니다. 오늘의 애국자가 내일은 역적으로 몰릴 수 있고, 오늘의 역적이 내일은 애국자로 평가될 수 있다는 말입니다.

때는 1633년 6월 22일, 장소는 로마의 미네르바 수도원, 이날 이곳에서 역사에 기록될 만한 재판이 하나 있었습니다. 재판을 받기 위해 그 자리에 끌려나온 한 노인이 있었는데 나이는 70세, 그는 베옷을 입고 있었고 그 모습은 초췌하고 초라하기 짝이 없었습니다. 이 노인은 추기경 앞에서 재판을 받았습니다.

"당신이 주장하는 지동설地動說은 성경의 가르침에 위배되는 잘못된 주장이니 철회하겠는가?"

이렇게 말하며 재판장은 매우 준엄한 표정으로 이 노인을 노려보았습니다.

노인은 "네, 철회 하겠습니다"라고 낮은 목소리로 대답하고 고개를 떨구었습니다. 그래도 판결은 '유죄'였고 8년간의 가택연금이 선고되었습니다. 그러나 그로부터 350년 뒤인 1992년, 교황청이 "그 재판은 잘못된 재판이었다"라며 이 노인에게 사과하였습니다. 이 노인의 이름은 갈릴레이 갈릴레오Galileo Galilei, 1564~1642였습니다.

네덜란드 출신의 화가 빈센트 반 고흐Vincent van Gogh, 1853~1890는 37세의 젊은 나이에 죽었고 그림도 한 10년밖에 그리지 못했습니다.

평생에 그린 그림 중에서 꼭 한 점이 팔렸다니 이 화가의 가난이 얼마나 극심했는지 짐작이 갑니다. 그림도 그의 친동생이 사주었으나 그림 값은 다 주지도 않았다고 합니다. 그러나 그의 그림 한 점 '해바라기'가 그가 죽고 100년 뒤에 일본에서 54억에 팔렸다고 들었습니다.

오늘이 전부가 아닙니다. 내일은 아무도 예측할 수 없습니다. 그래서 인생이란 드라마는 흥미진진한 것이 아닐까요? 어쨌건 오늘이 전부는 아닙니다. 이 사실을 명심하세요.

울 밑에 귀뚜라미 우는 달밤에
길을 잃은 기러기 날아갑니다
가도 가도 끝없는 넓은 하늘로
엄마 엄마 부르며 날아갑니다

이 동요를 부르며 많은 어린이가 막연한 슬픔에 잠겼을 것입니다. 귀뚜라미 우는 계절이라니, 여름은 가고, 귀뚜라미 우는 가을의 달밤을 맞은 겁니다.

'길을 잃은 기러기'는 다른 누구도 아니고 자기 자신이라고 생각하고 겁도 먹었을 것입니다.

"엄마, 아빠를 떠나서 나 혼자라면 나는 어디로 가야 하나?"라고 막연한 상상을 하니 겁이 앞설 수도 있습니다. '가도 가도 끝이 없는'이라는 대목에서는 절망적이 될 수도 있습니다. 엄마 기러기, 아빠 기러기가 가까이 없는 것도 걱정인데 이 넓은 하늘을 어떻게 날아갈 수 있단 말입니까? 어린 마음이 눈물에 젖을 수도 있습니다.

어른의 세계라고 해서 크게 다르지는 않습니다. 어른도 귀뚜라미 우는 달밤이 처량하게 느껴집니다.

"아, 가을인가!"라는 탄식은 아이들의 탄식이 아니라 어른들의 탄식이 될 수밖에 없습니다. 계절의 가을이 깊어감에 따라 인생의 가을도 깊어지기 때문입니다. 곧 겨울이 다가오니 누구에게나 인생의 월동越冬 준비가 필요합니다.

가을에는 '무한無限, Infinity, Infinitude'을 생각해 봅시다. 느껴봅시다. 길을 잃지 않는 주의와 노력이 필요합니다. 일단 길을 잃었어도 당황하면 가야 할 길에서 더 멀어집니다. 하늘과

땅과 만물을 창조하신 절대자를 찾으세요. 시간에는 '영원'이, 그리고 공간에는 '무한'이 절대 필요한 가치가 아니겠습니까?

'영원'과 '무한'은 오늘 우리에게 '사랑'을 재촉합니다.

'사랑'만이 인간으로 하여금 '영원'과 '무한'을 이해하게 합니다. 길을 잃은 저 하늘의 저 기러기 같은 신세를 한탄만 해서는 안 됩니다. 그래도 계속 날고 또 날면서 희망을 포기하지 마세요.

예나 지금이나 사람은 홀로 존재할 수 없는 특이한 동물입니다. 집을 지키는 강아지는 온종일 그 집의 대문 가까이서 서성거리다가 낯선 사람이 지나갈 때 한두 번 짖으면 됩니다. 요새 아파트에서 키우는 비싼 '명품' 개는 늘 주인과 함께 있다가 밤이 되면 주인의 침대에서 주인과 함께 자기도 합니다. 세상도 많이 변했습니다.

지금이 고령화 시대인지라 '독거노인'이라는 말이 흔하게 쓰이지만 이 '독거獨居'라는 낱말은 교도소에서 처음 들었습니다. 독방에 혼자 있는 죄수를 '독거 수인囚人'이라고 부른다는 것을 그때 처음 알았습니다. 정치적 이념이나 사상이 불온하다고 당국이 판단하면 그 사람이 다른 죄수들과 접촉하지 못하도록 취한 조치였을 것입니다. 잡범들과 한 방에서 떠들면서 시간을 보내면 하루가 비교적 빨리 가지만 독방에 독거하며 하루 종일 〈세계사상전집〉을 읽고 앉아 있는 일은 지루할 수밖에 없습니다.

사람에게는 사람이 있어야 정상입니다. 부득이한 '독거'가 있기는 하지만 사람을 '인간人間'이라고 부르는 까닭이 있습니다. 일찍이 덴마크의 고독했던 철학자 쇠렌 키에르케고르 Soren Kierkegaard, 1813~1855는 "인간이란 자기와 자기 이외의 사람과의 관계다"라고 하였습니다. 그 인간관계에서 철학이 탄생하게 되는 것 아닐까요?

그러므로 사람은 사람을 잘 만나야 행복할 수 있습니다. 스승도 친구도 잘 만나야 하고, 결혼은 더욱 그렇습니다. 배우자를 잘못 만나 한평생을 지옥에서 사는 사람들도 있습니다. 배우자를 선택한다고 말하는 사람들이 있는데 따지고 보면 그건 틀린 말입니다. 결혼은 '선택'이 아니라 '숙명宿命'입니다. '팔자八字'라고 하면 좀 천박하게 들릴지 모르지만 사람이 사람을 만나는 일이 거의 다 '팔자소관'이라는 사실을 알게 되면 인간이 조금은 겸손해질 것으로 나는 믿습니다.

그러니 70년, 80년의 인생을 단번에 다 살려고 공연히 애쓰지 말고, '하루에 하루만One day at a time' 살려고 노력하세요. 그리고 오늘 만나는 그 사람에게 최선을 다하세요. 더 나아가 인생의 승부는 오늘 하루뿐임을 명심하세요.

조선시대 천금이라는 기생이 이런 시조 한 수를 읊었습니다.

산촌에 밤이 드니 먼 뎃 개 짖어온다
시비를 열고 보니 하늘이 차고 달이로다
저 개야 공산 잠든 달을 짖어 무삼하리오

개가 하늘을 보고 달을 보는 것처럼 사람이 느낄 수는 있지만 개의 관심은 그런 데 있지 않습니다. 개는 골목길에 굴러다니는 똥만 봅니다. 물론 스피츠나 도베르만 같은 고급 개에게는 다른 취미가 있을 수도 있겠지만 똥개라는 이름이 붙은 개는 다 그렇단 말입니다. 멍멍개는 산을 못 보고 달을 못 봅니다.

사람이 오늘 만물의 영장 자리를 차지하게 된 것은, 사람만이 '영원'을 그리워하기 때문입니다. 그 집안이 자기 대에서 끝나지 않고 영원토록 이어지기를 바라는 것은 호모 사피엔스라는 동물뿐입니다. '시간'이 영원하다는 것을 알지 못한다면 그런 꿈을 가지기도 어렵습니다.

해가 뜨고 해가 지는 하루하루가 언제까지나 계속될 것을 우리의 조상은 오래 전에 깨닫고 이에 대한 대비책을 강구하는 가운데 그들에게 종교가 생겼습니다.

인생은 오늘로 끝나고 내일은 없다고 가르치는 종교 있습니까? 없습니다. '영원'을 의식하기 때문에 문명이 있고 문화가 있습니다.

아무리 바쁘더라도 '영원'을 생각하는 본능적 욕구를 저버리지 마세요.

사람들은 '어제Yesterday'를 이야기합니다. 그러나 그 '어제'는 가고 다시 오지 않습니다. 옛날에는 학교나 회사, 관공서에 매일 한 장씩 뜯어야 하는 달력이 걸려 있어서, 하루라도 뜯지 않으면 그것 자체가 웃음거리였습니다.

그런데 지난간 날짜가 적힌 그 달력 낱장들을 뜯어서 간직하는 사람은 없었습니다. 다 버렸습니다. 나는 태어난 그날부터 오늘을 맞이하게 되기까지 3만 장 이상의 달력을 뜯었을 것입니다. 다 버리고 내 손에는 한 장도 남아 있지 않습니다.

우리는 오늘Today을 삽니다. 살 수 있는 것은 오늘뿐입니다. '오늘'을 잃으면 우리는 모든 것을 잃게 됩니다. '내일Tomorrow'은 과연 있는 겁니까?

"Tomorrow and Tomorrow and Tomorrow"

– 윌리엄 세익스피어

영국의 역사가 E. H. 카E. H. Carr는 '과거와 현재의 끊임없는 대화'가 역사라고 하였습니다. 그러나 '어제'와 '오늘'이 끊임없이 대화를 해봐도 내일의 윤곽을 짐작만 할 뿐 분명하게 말할 수는 없습니다.

인생은 오늘 곱게 피었다가 내일이면 아궁이에 던져지는 들꽃과 비슷합니다. 모든 인생은 오늘 있다가 내일이면 사라지는 '아침 안개' 아닙니까? 내일은 떠날 것을 미리 알고 '오늘'을 사는 그 사람만이 값진 하루를 살 수 있다고 믿습니다.

지극히 짧은 시간을 '잠깐'이라고 합니다. '일순간'이라는 말은 눈 한번 깜박할 사이를 뜻합니다. 불교에서 잘 쓰이는 말에는 영겁永劫도 있지만 찰나刹那도 있습니다.

'찰나'는 아주 짧은 시간을 말하고 '찰나주의'는 "과거나 미래를 생각하지 않고 다만 현재의 이 순간에 충실하되 쾌락을 추구하며 멋지게 살자"라는 뜻으로 알려져 있습니다.

'꽝'하는 소리와 함께 지구를 포함한 태양계가 형성된 것이 50억 년 전은 될 것이라는 '정보'를 나는 오래 전 책을 통해 터득한 바 있습니다. 그러나 그런 긴 시간에 대한 이해가 있을 리 없습니다.

'역사 5천 년'이니, '새 천 년'이니 하는 말을 자주 쓰긴 하지만 그 뜻을 제대로 알고 쓰는 것은 아니라는 사실을 고백

합니다. 나는 '시간'을 모릅니다.

사람이 사는 70~80년의 세월은 50억 년의 긴 세월과 감히 비교할 수도 없습니다. 그렇다면 인생이란 일순간도 안 되는 것 아닙니까? 그 일순간도 안 되는 짧은 시간에 무엇을 할 수 있단 말입니까?

가수도 배우도 무대에 서는 시간은 짧습니다. 대통령도 국무총리도 장관도 국회의장도 당 대표도 원대 대표도 모두 길어야 5년 아닙니까? 50억 년에 비하면 '잠깐'입니다.

이것이 다 한가한 사람의 한가한 생각이라고 누가 비웃어도 나는 할 말이 없습니다. 그래도 나의 삶의 종점을 저만큼 바라보면서 하는 말이니 귀담아 들을 필요는 있다고 나는 믿습니다. 저마다 무대 위에 서겠다고, 한번 차지하고는 물러나지 않겠다고 아귀다툼을 벌이고 있으니 사람 사는 세상이 소란할 수밖에 없는 겁니다.

욕심을 버리는 것이 오히려 행복으로 가는 지름길이 될 것입니다.

하루를 살아도 행복하게 살아야죠.

얼굴을 찡그리고 천 년 만 년을 살면 뭘 할 겁니까?

웃으세요. 사랑하세요.

우리에게 주어진 시간은 '잠깐'입니다.

오늘 하루를 어떻게 살아야 할까요

과거와 현재, 미래 중 현재가 가장 중요하다고 하셨지요?
그럼 오늘 하루하루 보람차게 보내야 하는데 그게 쉽지 않습니다.
수많은 오늘을 의미 없이 보내고 있는 듯도 합니다.
어떻게 해야 오늘 하루를 값지게, 보람차게 살 수 있을까요?

90세가 넘은 내가 가진 것은 시간밖에 없습니다. 그런데 시간 가운데 이미 지나간 시간을 나로서는 어찌할 도리가 없습니다. 그뿐 아니라 아직도 오지 않은 시간을 내 마음대로 할 수도 없습니다.

비슷한 생각이 내 머릿속에 맴돌고 있습니다. 과거를 내 마음대로 손질할 수도 없고 미래 또한 내 마음대로 처리할 수도 없으니 내게 있는 것은 오직 현재뿐이라고 할 수밖에 없습니다. 현재라는 말은 너무 막연하게 들리겠지만 '오늘'이라고 표현하면 이해가 쉽지요.

30대에 이미 훌륭한 업적을 남기고 세상을 떠난 사람이 여럿 있습니다. 그런 대표적 한국인을 한 사람 들라고 하면 나는 서슴지 않고 안중근을 꼽겠습니다. 40대를 다 살지 못하고 떠난 이들도 있습니다.

그런 인물 중에 가장 기억에 남는 인물은 김옥균이라는 시대의 풍운아입니다. 50대에 조국을 위해 목숨을 버리고 간 사람 중 한 사람을 뽑으라면 한국인은 누구나 이순신을 생각할 것입니다.

이 분들은 요즘 기준으로 본다면 너무 젊은 나이에 세상을 떠났다고 하겠습니다. 하지만 이 겨레는 앞으로도 그들의 이름을 오래오래 기억할 것입니다. 사람은 자기가 오고 싶어서 이 세상에 오는 것은 아닙니다. '자의 반, 타의 반도 아니고 순전히 우리가 모르는 타의에 의해서 이 세상에 오게 된 것입니다.

우리가 이 세상을 떠나는 일도 자기 의사로 결정되는 것이 아니고 그것 또한 타의에 의한 것입니다. 자살로 생을 마감하는 사람도 있지만 그것도 제 정신으로는 할 수 없는 일이라고 합니다.

그렇다면 만물의 영장이라는 호모사피엔스가 가진 것은 오늘 하루밖에 없다는 결론에 도달하게 됩니다. 어느 인생에게나 오늘 하루가 있을 뿐이라는 사실을 생각하면 다소 긴장이 되긴 하지만 인생이 조금은 멋있게 보이기도 합니다. 주어진 오늘 하루 중에 무슨 일을 할 수 있냐고요?

가족들을 사랑하는 것도, 이웃을 사랑하는 것도, 그리고 나라를 사랑하는 것도 사랑의 본질에는 변함이 없습니다. 오늘 하루 사랑에 전념하는 것이 시간을 가장 유효적절하게 쓰는 유일한 방법이라고 생각합니다.

이 나이가 되어서야 조금 알게 되었습니다. 많이는 모르고 조금만! 30세에 깨달은 성현들이 억조창생 중에 두서너 분 계시고 나머지는 다 나와 비슷한 민초들이라고 생각하면 됩니다. 잘 난 사람이 없다고 해도 지나친 말은 아닙니다. 스스로 잘났다고 잘못 알고 사는 사람은 꽤 많습니다.

하지만 그렇지 않다는 사실을 죽기 5분 전에라도 깨달아주었으면 하는 것이 나의 희망 사항입니다.

산다는 그 자체 속에 날마다 늙어가는 큰 비극이 도사리고 있고 그 삶 속에 질병이 있습니다. 생生은 사死를 향해 날마다 가고 있음을 모르고 어리석게 살다가 오늘이 되어서야 무릎을 탁 치며, 철도 모르고 철도 없는 한심스런 삶이었음을 자백합니다. '떠날 준비'라는 말은 있지만 준비하고 떠나는 사람은 우리 주변에 거의 없습니다.

죽음 앞에 속수무책인 인간이지만 사랑을 받고 사랑을 주는 기쁨이 있어서 이날까지의 생존이 가능하였습니다. 사랑에는 고통이 따르는 것이라고 일러주는 선배가 많이 있지만 사랑 때문에 겪는 아픔은, 바늘에 찔리는 그런 고통이 아니고 감격을 동반하는 고통이기 때문에 어느 모로 보나 아름답습니다.

어지간히 나이를 먹고 나서 깨달았습니다. 나에게 허락된 시간은 오늘 하루뿐이니 오늘 사랑하지 않으면 내일은 사랑할 수 없다는 사실을! 젊은이들의 무모한 사랑이 큰일을 저지르는 것 같이 보이지만 거기에 역사를 움직이는 힘이 있다는 사실을 나는 압니다.

노인이 되면 세련된 사랑을 할 수 있기 때문에 젊은 날의 기쁨보다 더 큰 기쁨을 누릴 수도 있고 그 기쁨으로 죽음도 이길 수 있다고 나는 확신하고, 오늘 하루만을 사랑하기 위해 열심히 살겠습니다.

젊어서도 일찍 일어나는 것이 나의 버릇이었는데 늙어서도 여전히 그렇습니다. 그래서 나는 늦잠 자는 사람의 심리 상태를 헤아리지 못합니다. 세상 떠난 지 오래된 나의 친구 한 사람은 훌륭한 학자였는데, 그는 대학에서 오전 시간의 강의는 맡을 수 없었습니다. 늦잠 자는 습관 때문이었습니다.

이 나이가 되어 여러분을 향해 하고 싶은 말이 한 마디 있습니다. 그 말은, 내가 1955년 처음 미국 유학길에 오를 때 누님이 내게 일러주신, "최선을 다하면 된다"라는 말입니다.

나는 결코 큰 그릇도 못 되고 그 그릇에 담긴 재능 또한 보잘 것 없었습니다. 그러나 이날까지 살아오면서 최선을 다하였다는 자부심은 있습니다.

나의 스승이신 함석헌 선생께서 이런 이야기를 들려주셨습니다. 미술을 전공하는 어떤 일본인이 한일 두 나라의 화가들의 그림을 비교 연구하여 박사학위를 받았는데, 그의 결론은 한국 화가의 그림이 일본 화가의 그림보다 월등하게 아름답다는 것입니다. 그러나 한국 화가의 그림은 마무리 단계에서 "옛다, 모르겠다"하면서 되는 대로 그린 부분이 꼭 있다는 것입니다. 나는 그때 그 말씀을 듣고 그 뜻을 가슴 깊이 새겼습니다.

최선을 다하다가 끝판에 가서 되는 대로 하면 공든 탑이라도 무너지게 마련입니다. 그래서 "최선을 다하라"라는 말 앞에 "끝까지"라는 말이 붙어야 합니다. "끝까지 최선을 다하세요"라고, 영어로 하자면 "Do your best to the end."라고 말하고 싶습니다.

대통령으로부터 말단 공무원에 이르기까지, "끝까지 최선을 다하세요"라고 당부하고 싶습니다. 사업가들에게도, 학교 교사들에게도, 목사나 스님들에게도, 의사나 간호사들에게도, 거리의 환경미화원들에게도, 오토바이 타고 쏜살같이 달리는 배달원들에게도 "오늘 하루 끝까지 최선을 다하세요"라고 당부하고 싶습니다.

나에게 가까운 제자들에게 세월은 쏜살같이 빠르게 가는 것이라고 일러줍니다.

사람은 누구나 살다가 "오호라, 나 이제 늙었으니 이것이 누구의 잘못인고"라고 탄식할 수밖에 없습니다. 내가 93회 생일을 맞는다는 것은 내가 날짜로 하면 33,945일을 산다는 것입니다. 윤년이 끼어 있어서 꼭 맞는 숫자는 아닐지도 모릅니다. 앞으로 10년을 더 살면 36,500일을 살게 되는데 그 많은 날이 따져 보면 하루에 지나지 않는 것입니다.

하루살이라는 아주 작은 곤충이 있습니다. 수중에 잠복하는 기간이 꽤 길다는 말도 있지만 그 작은 몸을 대기 중에 드러내고 나서는 하루면 끝나는 것이 하루살이의 운명이라고 합니다. 그래서 나는 제자들에게 "하루만 잘 살면 된다"라고 가르칠 수밖에 없습니다.

오늘 하루처럼 소중한 시간은 없습니다. 지나간 날들의 과오를 뉘우치고 있는 것도 결코 잘하는 일이 아니고 내일에 대한 허망한 꿈을 안고 멋대로 사는 것도 잘하는 일은 아닙니다. 왜 그런가? 우리가 살 수 있는 것은 오늘 하루뿐이기 때문입니다. 내 말을 듣고 기분이 상할지 모르지만 너나 할 것 없이 우리 모두는 하루살이에 지나지 않습니다.

90년, 100년을 생각하면 아득하기만 하지만 오늘 하루만은 최선을 다하여 이웃을 사랑할 수 있습니다. 인간에게 있어 가장 큰 의무는 이웃을 사랑하는 일입니다. 그래서 인생은 아름다운 것입니다.

만물의 영장이라는 사람만이 웃을 줄 아는 동물이라는 사실을 모르는 사람이 많습니다. "소가 웃는다", "말이 웃는다"라는 말은 몽땅 거짓말입니다. 소가 웃거나 말이 웃으면 세상은 망할지도 모릅니다.

미국에 몇 년 살면서 주워들은 웃긴 이야기가 많은데 그중 한두 가지는 지금도 기억하고 있습니다. 그 하나는 어떤 골프광에 관한 이야기이고 두 번째는 매우 게으른 어떤 사나이의 사연입니다.

아침 일찍이, 친구와 골프 약속을 한 어떤 사나이가 골프장에서 열심히 골프를 칩니다. 그러던 중 장의차인 캐딜락 한 대가 골프장 옆을 서서히 지나가는데, 그 차를 보더니 이 사나이가 갑자기 골프채를 잡은 채 모자를 벗고 묵념을 하더랍니다. "왜 그래?"하고 친구가 물었더니 이 자가 이렇게 말했답니다.

"저 캐딜락에 내 아내가 실려서 지금 장지로 가는 거야."

어떤 게으른 사나이가 있어 아침에 잘 일어나질 않는데, 이 자는 조간신문을 받아 부고란에 자기 이름이 없는 것을 확인한 뒤에야 일어난다는 것입니다. 부고란에는 매일 아침 수십 명의 이름이 실립니다. "만일 그 사람 이름이 거기 있으면?" 그때엔 일어나지 않지요. 일어나야 할 일도 없는데!

오늘 하루 좀 웃으세요.

웃으면서 사세요.

웃음이 없는 세상은 살기가 여간 힘든 게 아니랍니다.

남이 우스운 이야기를 해도 웃지 않는 자는 천국에 들어가기가 어려울 것 같습니다.

물론 내 생각입니다.

어떤 인물이 존경할만한가요 ❓

존경하는 인물이 누구인지 질문을 받으면 대답이 망설여집니다.
누가 무슨 일을 했는지도 잘 모르겠고
안다 해도 그 일이 과연 존경받을 일인지도 잘 모르겠습니다.
그것보다 어릴 때부터 누구를 존경하는 교육을
별로 받은 기억이 없습니다.
그러나 존경하며 본받고 싶은 인물이 있으면
삶의 목표를 정하는 데 큰 도움이 될 것 같습니다.
우리가 존경할만한 인물은 어떤 분들인가요?

도산 안창호安昌鎬, 1878~1938는 평안남도 강서에서 태어나 한학을 공부하다가 신학문의 필요를 절감하고 선교사 언더우드가 설립한 구세학당에서 공부했습니다.

그 학교를 졸업할 때 그의 나이는 열아홉이었습니다. 그는 일찍이 민족의 참상을 보고 느낀 바가 있어 19세 소년의 몸으로 독립협회에 가입하였습니다. 당시 '사면초가'인 왕조가 주체성을 잃지 않기 위해 노력하였습니다. 평양 쾌재정에서 행한 강연회에서 당시의 정부와 관리들의 부패와 무능을 통렬하게 비판하여 일약 유명인사가 되었습니다.

도산은 서재필, 유길준, 남궁억, 윤치호, 이상재와 같은 명사들과 교분을 나누는 당대의 지도자로 자리를 굳혔습니다. 그는 교육의 필요를 실감하고 점진학교를 설립하였습니다. 학교에서는 급진주의 대신 점진주의를 권면하였습니다.

그는 국내 정세가 여의치 않음을 깨닫고 교포들을 상대로 국민회를 조직했고 수양 단체로 흥사단을 만들어 인재 양성에 힘을 썼습니다. 1932년 상하이 홍커우공원에서 윤봉길 의사의 의거가 있었을 때 도산은 그 배후 세력으로 지목되어 상하이에서 일경에 체포, 재판에서 4년형을 선고받았습니다. 그 뒤 1937년, 수양동우회 사건으로 다시 검거되어 대전 감옥에 수감되었다가 병보석으로 풀려났지만 이듬해 세상을 떠났습니다.

그가 조국의 독립을 위해 망명길에 오르면서 읊은 시 한 수가 오늘도 우리의 가슴을 울립니다. 제목은 〈거국가去國歌〉입니다.

간다 간다 나는 간다
너를 두고 나는 간다
이로부터 여러 해를
너를 보지 못할지나
그 동안에 나는 오직
너를 위해 일하리라

나 간다고 설워 마라

나의 사랑 한반도야

오늘도 우리에게 절실하게 필요한 것은 도산 안창호 가슴 속의 그 애국심이라고 믿습니다. 나의 아버지께서는 도산을 직접 만난 적이 있음을 늘 자랑스럽게 생각하고 계셨습니다. 도산은 얼굴을 찡그리는 일이 없고 언제나 웃는 낯이었다고 하셨습니다.

그가 민족의 지도자로 명성이 자자하던 어느 날, 그의 집무실에 고향에서 형님이 찾아와 평양 시내에서 일하고 싶으니 직장을 하나 구해 달라고 부탁을 했습니다.

"잠깐 기다리세요"라고 한 마디하고 사무실에서 나가 한참 만에 돌아온 도산의 손에는 지게가 한 틀 들려 있었습니다. 그걸 본 형이 놀라서 "웬 지게냐?"하며 의아스러운 표정을 지었습니다. 도산이 그 형에게 이렇게 말했답니다.

"형님은 이 지게로 짐을 지시면 입에 풀칠은 할 수 있을 겁니다."

도산에 관한 이런 일화도 아버지로부터 들은 적이 있습니다. 언젠가 서울에서 기차를 타고 평양으로 돌아오는데 도산의 금 회중시계를 노리고 차에 오른 소매치기가 있었답니다. 이놈이 기회를 잡아보려고 도산의 주변을 맴도는데 눈치가 빠른 도산이 그놈에게 그런 기회를 주었을 리가 만무하였습니다.

평양역에서 내려 집으로 가는데도 계속 따라왔습니다. 한적한 골목길에서 도산이 걸음을 멈추고 뒤따라오던 그 소매치기에게 금시계를 풀어 주었습니다.

그러면서 "너 이 시계 가져라. 일을 해서 벌어서 먹어야지!"라고 한 마디 꾸짖고 유유히 사라졌답니다. DNA를 이렇게 달리 타고나는 인물이 가끔 인류의 역사에 탄생합니다. 도산은 그런 큰 어른이셨습니다. 아무나 할 수 있는 일은 결코 아닙니다.

안창호는 을사보호조약이 체결된 뒤에는 언론으로, 교육으로 민족을 깨우치려 노력하였고, 합방(1910) 뒤에는 중국으로, 미국으로 망명 생활을 할 수밖에 없었습니다.

그런 와중에도 흥사단을 조직해 겨레의 정신 교육에 힘을 쏟았습니다. 한 번은 밥상을 받고 손으로 상 밑을 한 번 쓸어 보며 "이렇게 먼지가 많아서 되겠냐"라고 야단치더랍니다. 미국 서해안에 살던 때 한인들의 집을 찾아 화장실과 화단을 점검하면서 "미국 사람들이 볼 때 더럽거나 지저분하면 안 된다"라고 하였을 뿐 아니라 한인들의 집 마당에 꽃나무를 심어준 일도 있었답니다.

한때는 상하이 임시정부의 내무총장 겸 국무총리 대리를 지낸 적도 있지만 벼슬자리에 대한 욕심은 전혀 없었습니다. 그는 평범한 인물 정도가 아니라 매우 비범한 사람이었습니다. 도산 10주기 추모 모임이 당시의 명동 시공관에서 있었습니다. '5.10 선거'를 앞둔 이승만이 그 자리에 나와서 한 마디 하였습니다.

"집안이 어지러울 때에는 어진 아내가 그립고, 나라가 어지러울 때는 훌륭한 재상이 그립다."

이승만은 3년 후배인 애국 운동의 선구자 도산 안창호를 그리워하고 있었던 것입니다.

나는 이성계가 위화도에서 회군하여 왕명을 어긴 것은 잘못된 일이라고 생각합니다. 그러나 회군한 그 군사가 결국 이성계로 하여금 고려조를 쓰러뜨리고 새로운 왕조를 세우게 한 원동력이 되었음은 의심의 여지가 없습니다. 나는 태조 이성계의 아들 여덟 중에서도 가장 날쌔고 사나운 이방원이 피비린내 나는 '왕자의 난'을 거듭하고 기어이 태종으로 즉위한 사실도 용서하기 어려운 잔인무도한 짓이었다고 여깁니다.

그러나 태종이 낳은 아들 넷 중에 세종이 있다는 한 가지 사실 때문에 이성계도, 이방원도 다 용서가 됩니다. 세종은 우리나라 역사에 뿐 아니라 장차 세계사에 큰 영향을 미칠 것을 확신합니다. 왜? '한글'은 세계인의 삶에 큰 도움을 줄 것이기 때문입니다.

세종대왕의 이름은 일제 시대 국민학교에 들어가 '한글'을 배울 때 알았습니다. '훈민정음'이라는 낱말의 뜻도 모르면서 '한글'을 익혔습니다. 그때에도 '조선어독본'이 있었기 때문입니다.

영종도에 새로 큰 공항을 세울 때 그 이름을 '세종대왕 국제공항'으로 하자는 의견이 압도적이었는데 지역 사람들이 끝까지 반대하여 뜻을 이루지 못했습니다. 세종은 '한글'만 창제한 것이 아니라 정치, 국방, 과학, 행정에도 큰 업적을 남기셨습니다. 이 어른이 광화문 앞 광장에 저렇게 앉아계신 동안은 대한민국에 위기는 있어도 좌절은 없을 것입니다.

나에게는 월남 이상재가 친할아버지처럼 느껴집니다. 월남은 1850년에 태어나 1927년에 세상을 떠났으니 내가 태어나던 해에는 77세였습니다. 나는 그 어른을 뵌 적도 없고 월남은 내 머리를 쓰다듬어 준 일이 있을 수 없었습니다.

그런데 내가 대학생 시절에 나의 친구이던 신영일이 어느 헌 책사에서 1929년에 발간된, 구식으로 제본된 〈월남 전기〉 한 권을 구해서 나에게 건네주었습니다. 그 날부터 이 책을 탐독하였고, 나는 구한국 말과 일제 시대를 통해 가장 존경하는 스승으로 그를 모시게 되었습니다. 이렇게 매일 마음 속에 모시고 살게 되니 이 어른이 나의 친할아버지처럼 느끼게 된 것입니다.

나는 월남의 그림자라도 보이는 모임에는 기를 쓰고 참석하였고, 충청도 한산에 있는 '월남의 집'에도 여러 번 가 보았습니다. 그의 동상이 종묘 앞 공원에 건립되었을 때도 가서 축사 한 마디를 하였습니다. 강연을 하면서 월남을 언급한 일도 수천 번은 될 것입니다.

한전의 사장을 지낸 손자 이홍직 선배가 서대문 녹번동에 살고 있었는데 '월남 이상재 전기'를 쓸 생각이 있어서 그 선배를 직접 찾아갔습니다. 그 손자가 배재학당을 졸업하던 날 졸업식에 참석한 월남이 축사에 앞서 던진 해학적 한 마디를 기억하고 있는 나는 이 선배에게 이렇게 질문하였습니다.

"선배님은 할아버님월남을 모시고 함께 보낸 시간도 적지 않으셨을 텐데 그 할아버님의 가장 두드러진 특색이 무엇이었습니까?"

그 선배께서 곧 답을 주었습니다.

"우리 할아버님은 매사에 태연하신 분이었습니다."

그 말을 듣고 나는 내 무릎을 쳤습니다.

"그렇지요. 자연스러운 분이셨지요. 그래서 언제나 태연하셨지요."

위대한 사람은 무슨 일이 생겨도 태연하고 자연스러운 사람입니다.

"쥐 한 마리 때문에 태산이 요란하게 굴어서야 되겠느냐"라는 가르침이 있습니다. 오늘의 우리 사회가 이토록 혼란한 것은 월남 같은 지도자가 없기 때문입니다.

월남은 자기보다 아홉 살 위인 판서 박정양과 가까운 사이였습니다. 박 판서가 주미공사미국 특파 전권대사로 임명된 것은 '한미수호통상조약'이 체결되고 5년이 지난 뒤였습니다. 월남 이상재는 서기관 자격으로 박 공사를 수행하게 되었습니다. 1882년 미국의 해군 제독 슈펠트R. W. Schufeldt가 청나라 이홍장의 반대를 물리치고 조선의 문호 개방에 성공해서 공사 일행이 미국에 갈 수 있었습니다. 월남이 끼어 있던 공사 일행은 칭찬받을 만한 일을 많이 하고 돌아와 고종은 기쁨을 감추지 못하였습니다. 그러나 청나라의 분노는 극에 달하여 하는 수 없이 공사 박정양을 옥에 가두었습니다.

그런 어느 날 월남은 부름을 받아 대궐에 들어가 고종 앞에 부복하였습니다. 그때 고종은 "이번에 수고가 많았어. 이 기회에 벼슬을 한 자리 하지"라고 하였습니다. 충신 이상재가 대답하였습니다.

"아뢰옵기 황송하오나, 모시고 갔던 어른은 옥중에 있는데 모시고 갔던 놈이 벼슬을 할 수는 없는 일이옵니다.”

감탄한 고종이 “그럼 아들을?”라고 물었을 때 월남은 “제 아들놈이 무식해서 벼슬이 가당치 않사옵니다”라고 대답했답니다.

그렇게 사양하고 어전을 물러나는 이상재를 보내며 고종이 입속말처럼 “저런 신하만 있으면 나라가 되겠는데”라고 하였답니다.

중국 상하이에 있는 훙커우공원에 세 번쯤 들려 보았습니다. 지금은 그 공원의 이름이 루쉰 공원으로 바뀌었는데 마오쩌둥이 이곳에 무산 작가 루쉰의 무덤을 마련하고 공원의 이름도 바꾼 것입니다. ‘루쉰’이라는 이름은 마오쩌둥의 독특한 글씨체로 돌에 새겨져 있습니다.

윤봉길尹奉吉, 1908~1932은 충청도 덕천 사람입니다. 호적이 정확하다면 그는 1908년생입니다. 중농 집안에 태어나 농사를 짓는 한편 야학을 열어 민중 계몽에 앞장섰던 시골의 선각자이기도 했습니다. 관례대로 일찍 장가들어 부인도 있고 아이들도 있었습니다.

일본 정부의 각종 압박으로 인해 농촌이 점점 더 살기 힘들어지는 사실에 그는 분개하였습니다.

대책이 없을까 고심하던 중 어느 날 그는 상하이로 갈 것을 결심하였다는데 사전에 무슨 연락이 있었는지는 알 길이 없습니다. 독립기념관의 관장으로 임명된 윤 의사의 손녀가 이런 말을 했습니다.

"할아버지는 떠나는 날 아침에 저의 할머니에게, '나 물 한 그릇 주시오'라고 부탁을 하고 그 물 사발을 받아 마시면서 한 마디도 말씀을 안 하시고 할머니를 마주 보시지도 않았답니다."

그는 다시는 돌아오지 못할 먼 길을 떠나면서 "이것이 내 아내를 보는 마지막이 될 것이다"라는 사실을 왜 몰랐겠습니까? 허름한 여장으로 마당에 서서 아내에게 '물 한 그릇'을 달라고 하던 이 사나이의 심정을 헤아릴 때 한국인의 눈에는 눈물이 맺힙니다. 진정, 처절한 인생의 한 장면입니다.

그는 상하이로 떠났습니다. 김구가 조직한 '한인 애국단'에 이미 가입한 윤봉길이었습니다. 단장 김구와 함께 커다란 태극기 앞에서 찍은 사진 한 장이 남아 있습니다. 바로 그 태극기는 학병으로 끌려서 중국에 갔다가 광복군에 입대했던 〈사상계〉의 장준하가 여러 해 간직하고 있다가 죽기 전에 이화여대 박물관에 기증하였습니다. 윤 의사의 '선서문'도 남아 있습니다.

나는 적성으로써 조국의 독립과 자유를
회복하기 위하여 한인 애국단의 일원이 되어
중국을 침략하는 적의 장교를 도륙하기로
맹서하나이다.

대한민국 14년 4월 26일
선서인 윤봉길
한인 애국단 앞

그리고 그는 29일 상하이 훙커우공원에서 일본 천황의 생일을 겸하여 축하하는 일본인 요인들과 현지 사령부의 장군, 장교들이 앉은 자리를 향해 사제 도시락 폭탄을 던졌습니다.

쾅음과 함께 여럿이 죽고 부상당하고 식장은 아수라장이 되었습니다. 도시락 속 다이너마이트가 터지는 바람에 일본군 사령관 시라가와는 붕 떴다가 떨어져 며칠 뒤 병원에서 사망했습니다. 일황의 생일잔치에서의 의거는 전 세계 앞에 일본의 치부를 여실히 드러낸 셈입니다.

윤 의사는 군사재판에서 사형 선고를 받고 일본 땅 가나자와에서 총살되었습니다. 그의 시신을 몰래 길바닥에 묻은 것을 찾았고 윤봉길 의사 충헌비는 가나자와 교외에 우뚝 서 있습니다.

사람의 크기란 그 정신에 있는 것이지 그가 가진 몸집이나 외모나 재산이나 학식이나 업적에만 있는 것이 아닙니다. 비록 뜻했던 바를 성취하지는 못했지만 '실패'를 통해 영원히 '성공'한 우리 근세사의 대표적 인물이 이봉창李奉昌, 1900~1932 의사라고 생각합니다.

그는 1931년 상하이로 가서 혁명투사 김구를 만났고 그의 권유로 '애국단'에 입단하였습니다. 그후 일본 천황 히로히토를 암살하기로 맹세하고 12월에 일본으로 건너갔습니다. 그는 무슨 일이라도 마음만 먹으면 해치울 수 있는 '무서운 관상'을 타고난 특이한 인물이었습니다.

1932년 1월 8일, 일황이 연병장에서 관병식을 마치고 니쥬바시로 돌아갈 때 이봉창은 사꾸라다문 밖을 통과할 일황을 거기서 기다리고 있었습니다. 당대 바쿠후의 막강한 권세를 독차지했던 대원로 이이나오스케가 암살을 당하여(1860) 쓰러진 바로 그곳에서 일황의 행차를 기다리던 이봉창은 준비한 수류탄을 던졌습니다. 그러나 근위병이 부상을 입었을 뿐 히로히토는 무사하였습니다. 이봉창의 거사는 실패로 끝났고 그는 사형을 당했습니다.

그는 실패했고 그의 삶은 비극으로 마감이 되었으나 그의 꿈은 결코 좌절되지 않았습니다. '살신성인(殺身成仁)'의 보다 더 큰 꿈으로 이어진 것입니다. 그는 자기 몸을 조국의 제

단에 바침으로 조국에 대한 보다 더 큰 사랑을 이룬 것입니다. 그의 그 꿈은 후배인 윤봉길 의사에 의해 중국 땅 상하이의 홍커우공원에서 성취되었습니다.

이봉창의 실패의 고통이 없이 윤봉길의 회심의 미소가 과연 가능했을까 거듭거듭 생각해 보게 됩니다. 1930년대는 뜻이 있는 한국인들에게는 극심한 시련의 계절이었습니다.

일본 제국주의에 대한 대항이 거의 불가능하게 여겨지던 10년이었습니다. 중국을 침략한 일본은 날마다 이기고 있다고 하고, 일본이 이른바 '대동아 공영권'의 맹주가 되는 것이 확실시되던 때였습니다. 그때 일본 천황의 '공공연한' '암살'을 시도한 서른두 살의 늠름한 사나이가 있었습니다. 그는 한국 청년이었고 그의 이름은 이봉창이었습니다. 그의 의분義憤은 오늘도 이 겨레의 가슴 속에 약동하고 있습니다. 그는 이 백성의 구겨진 자존심을 살려 주었습니다.

만일 이순신李舜臣, 1545~1598이 태어나지 않았으면, 그가 1576년 식년무과에 급제하여 정읍현감, 전라좌도수군절도사, 삼도수군통제사에 임명되지 않았더라면, 아마도 오늘의 대한민국은 지구상에 존재하지 않았을지 모릅니다.

임진왜란으로 한반도는 영구히 일본 열도의 일부가 되고 말았을지도 모릅니다. 끔찍한 상상이지만 있을 수 없는 일은 아니었습니다.

아무 준비도 없이 도요토미 히데요시가 보낸 10만 왜군의 침략을 당한 조정은 박살나고 임금은 의주로 도망가고 백성은 수도 없이 굶어 죽고 맞아 죽고 찔려 죽고 밟혀 죽고, 한반도는 문자 그대로 아수라장이 되었습니다.

율곡의 '10만 양병설'을 선조는 귀담아 듣지 않았으나 덕수德守 이씨 이순신은 귀담아 듣고 준비하였습니다. 율곡 또한 덕수 이씨로, 이순신에게 율곡은 문중의 어른이요 당대의 천재적 경세가인 동시에 선각자였습니다. 이순신은 그래서 거북선을 만들고 수군 훈련에 만전을 기했습니다. "왜군은 틀림없이 쳐들어 올 것이다." – 그는 알고 있었습니다.

임진왜란이 터졌을 때 그는 이미 불혹의 나이를 넘은 지도 한참 되는 장년의 수병 장군이었습니다. 그는 전투마다 승리하여 왜군의 침입을 저지했습니다. 하지만 중상모략이 난무하여 걷잡을 수 없던 그 시절, 그는 왜군과 내통했다는 무고로 인해 재판을 받았습니다. 그 결과 '백의白衣종군'이라는 사형에 버금가는 중형을 언도받고 졸병이 되어 출정하기도 하였습니다.

그런 일이 한 번이 아니었습니다. 두 번째 '백의종군'의 형이 선고되었을 때 그는 살고 싶지 않았습니다. 〈난중일기〉에

"나는 죽고 싶다"라고 솔직한 심정을 털어놓았습니다. 효성이 지극했던 충무공이 모친상母親喪을 당했을 때니 그의 가슴은 미어질 듯하였을 것입니다. 그래도 그는 싸움터로 떠났습니다. 삼도수군통제사三道水軍統制使 − 요새 계급으로 하자면 해군 중장은 되던 그가 졸병이 되어 종군했습니다.

조정이 뒤늦게 삼도수군통제사의 억울함을 깨닫고, 백의종군하던 그에게 다시 그 지휘봉을 맡기며 "미안하다"라고 하였을 때 그는 "그럴 수 없다"라고 하지 않고 "하겠습니다"라고 대답하였습니다. 조정은 "왜놈들을 몰아내기만 하면 된다"라고 아마도 사정했겠지만 충무공의 결의는 단호하였습니다. "어쩌자고 그런 허약한 말씀을 하시옵니까, 이놈들을 박살을 내야죠!" 그가 조정에 올린 장계는 간단명료한 여덟 글자뿐이었습니다.

상유십이(尚有十二)
순신불사(瞬臣不死)

이 여덟 글자를 눈물 없이는 읽을 수 없습니다. 오늘 위기에 처한 조국을 생각할 때 더욱 그렇습니다.

"아직도 열두 척의 배가 남아 있고 아직도 이순신 죽지 않고 살아 있습니다."

그런 그의 정신이 조국을 살렸습니다. 울돌목 해전에서 대승을 거두고 마지막으로 노량에서 왜적을 대파하였습니다. 그는 기함의 갑판 위에서 지휘하다가 적의 흉탄을 맞고 쓰러지니 때의 나의 53세였습니다.

나는 오늘도 광화문 네거리에 서 계신 충무공 이순신을 우러러보면서, 한국인으로 태어난 사실을 자랑스럽게 생각합니다.

"역사는 위인의 전기다"라고 말한 역사가가 있었습니다. 민중의 힘이 역사의 원동력이라는 말도 틀린 말은 아니지만 민중은 이름이 없고, 그들을 움직이는 지도자의 이름만이 역사에 남습니다. 역사책에는 위인들의 이름만 남아 있습니다.

위인이란 남다른 능력을 타고난 사람들입니다.

"장수는 엄마의 배를 뚫고 나온다"라는 끔찍한 말이 있는데 그 속담을 뒷받침하는 것은 서양에 전해지는 '제왕수술 帝王手術, Caesarean'을 연상하게 만듭니다. 줄리어스 시저Julias Caesar가 그렇게 태어났다는 전설이 있습니다.

위인의 소질이나 능력을 타고나는 사람은 상당수 있지만 그 소질이나 능력을 발휘할 기회를 만나는 사람은 몇 되지 않습니다. 그래서 "영웅은 난세에 나타난다"라는 말이 생겼을 것입니다. 프랑스 대혁명이 일어나지 않았으면 우리는 나폴레옹의 이름을 들어보지도 못했을 것입니다.

성삼문成三問, 1418~1456은, 그의 어머니가 그를 낳기 직전 하늘에서 "낳았느냐?"라고 세 번 물었기 때문에 그의 이름을 삼문三問이라 지었다는 말이 전해지고 있습니다.

태어날 때부터 뭔가 다른 데가 있었습니다. 그는 열 살이 되었을 때 이미 훌륭한 문장을 엮었다고 하니 가히 신동에 해당하는 어린이였습니다.

그는 나이 스물아홉에 문과중시文科重試에 장원급제하였고, 시종여일 이 나라의 선비로 살았습니다. 왕명으로 경연관이 되어 세종의 총애를 받았고, 정음청에서 정인지, 최항, 박팽년, 신숙주, 강희안, 이개 등과 한글의 창제를 앞두고 당시 요동에 유배되어 있던 중국의 한림학사 황찬에게 열세 번이나 내왕하면서 한글을 다듬었습니다. 덕분에 마침내 세종 28년에 '훈민정음'이 반포되기에 이르렀습니다.

1455년 세조가 조카인 어린 단종의 왕위를 찬탈하는 것을 보고만 있을 수가 없었습니다.

선비 성삼문은 "옳은 일을 보고도 하지 않는 것은 용기가 없기 때문이다"라고 가르친 공자의 그 정신을 이어받아 과감하게 '단종 복위'를 위해 세조 살해를 치밀하게 계획했습니다. 하지만 김질이라는 배신자의 밀고로 들통이 나 자결하지 않은 모반자들은 처형되었습니다. 성삼문 등은 거열車裂당했습니다. 그가 떠나면서 〈사세가辭世歌〉 한 편을 남겼습니다.

격고최인명 (擊鼓催人命, 북소리 덩덩 울려 사람 목숨 재촉하네)

회두일욕사 (回頭日欲斜, 고개 돌려 바라보니 지는 해는 서산에)

황천무일점 (黃泉無一店, 황천 가는 길에는 여인숙도 없다니)

금야숙수가 (今夜宿誰家, 이 밤을 뉘 집에 묵어갈 건가)

성삼문은 정의를 위해 목숨을 바치고 당당하게 저승으로 떠났습니다.

아, 외솔 최현배(崔鉉培, 1894~1970)!

선생님은 경상북도 울산에서 태어나셔서 서울에서 세상을 떠나가셨습니다. 이 어른의 76년의 다부진 삶은 오로지 '한글'을 위해 바쳐진 것이라고 해도 지나친 말은 아닙니다. 젊어서는 준비했고 어른이 되어서는 '한글'을 위해 투쟁하셨고 마침내 '한글'의 승리를 쟁취하셨습니다. 외솔은 손기정 선수처럼 '월계관'을 쓰고 영원한 나라로 가셨습니다.

겨레의 스승 최현배는 어려서 상경하여 한성고등학교오늘의 경기고를 졸업하고 일본 히로시마의 고등사범학교를 마쳤습니다. 그후 교토제대京都帝大의 문학부 철학과에 들어가 학업을 마치고 졸업할 때 스위스의 교육자 페스탈로치에 관한 논문을 쓰고 학위를 받았습니다.

그는 1926년 서른두 살의 젊은 나이에 당시의 연희전문학교의 교수로 초빙되어 후학들을 가르치게 되었습니다. 그런데 12년 뒤에는 속칭 흥업구락부 사건으로 파면을 당했습니다. 그러다 1941년 10월 조선어학회사건으로 구속, 그로부터 4년 간 옥고를 치르시다 해방 덕분에 출옥하셨습니다. 그러나 학교로 돌아오지 않고 문교부의 편수국장이 되어 6년이라는 긴 세월 그 자리를 지키셨습니다. 1954년에야 연세대로 돌아와 후진 양성에 진력하셨습니다.

"문교부 편수국장 자리가 뭐 그리 대단하다고?"라고 생각할지 모르지만 외솔은 각급 학교의 교과서가 '한글 전용'을 하도록 해야 한다는 사명감 때문에 그 자리를 지키신 것입니다. 그는 '한글만의 한국'을 만드는 기초 공사를 단단하게 하고 나서 그 자리를 뜨신 겁니다.

외솔은 1949년부터 20년 한글학회의 이사장이었고 스무 권의 책과 100편의 논문으로 이 나라 학계의 큰별이 되셨습니다. 〈우리말본〉, 〈한글갈〉 등은 한글 연구에 금자탑입니다. 그가 '한글전용촉진회'를 만든 것은 1949년이었습니다. 〈한글만 쓰기의 주장〉은 이 어른의 마지막 작품이 되었습니다.

1930년에 이미 〈조선민족갱생更生의 도道〉를 저술한 외솔은 '나라 사랑의 길'을 '한글 사랑'에서 찾은 것이었습니다.

아직도 '한글만 쓰기'에 의심을 품고 있는 '상투꾼들'은 이 기회에 외솔 최현배를 만나 의논해 보시기를 바랍니다. 최현배를 이기지 못할 것이 분명합니다.

– 갈릴레이 갈릴레오가 실험을 했다는 피사의 탑을 방문한 적이 있습니다. 그 기울어진 탑에서 갈릴레오는 실험을 거듭하였다는데 해마다 조금씩 더 기울어지기 때문에 이탈리아 당국에서는 좀 손을 써야 한다고 들었습니다.

그 탑이 언젠가는 무너질 것으로 알고 자기의 사무실을 그 반대편에 구했다고 안내자가 말해서 우리 모두를 웃겼습니다. 갈릴레오의 실험 정신이 오늘의 인류 문명을 육성하였다고 해도 지나친 말은 아닙니다. 그는 코페르니쿠스의 지동설을 가르치지 말라는 교회의 훈령이 있음에도 불구하고 지동설을 가르쳤습니다.

그 때문에 1633년 체포되어 로마의 미네르바 수녀원의 한 방에서 재판을 받는데 유죄 판결이 내려졌습니다. 참회하는 표시로 몸에는 베옷을 감고 얼굴은 창백하고 사지는 떨리고 그런 초라한 모습으로 추기경 앞에 서서 재판을 받는 69세 노인의 모습을 상상해 보십시오. 그는 떨리는 목소리로 지동설은 잘못된 것이었다고 하는 수 없이 자백하였습니다. 그렇지만 그렇게 자백하고 나서도 그는 조그마한 목소리로 "그래도 지구는 지금도 돌고 있는데"라고 하였답니다.

그는 가택에 연금되어 10여 년을 살았다고 전해집니다. 그러나 그의 실험이 없었다면 오늘의 세계 문명이 이만큼 되지는 못하였을 것입니다.

드골Charles de Gaulle, 1890~1970은 프랑스가 1940년 히틀러의 독일에 항복하는 것을 참을 수 없어서 영국으로 망명하였습니다. 그는 문자 그대로 폭력 앞에 고개를 숙인 프랑스 사람들에게뿐 아니라 유럽 전체 그리고 자유를 소중히 여기는 인류 전체에게 희망의 별처럼 떠올랐습니다. 그는 우여곡절 끝에 망명한 임시정부의 대통령에 취임했으나 좌익들의 반발로 이듬해 사임하고 말았습니다.

백절불굴의 장군 드골은 파란만장한 한평생을 살았지만 정계를 은퇴할 때도 우리 모두에게 상쾌한 느낌을 주었습니다. 그는 외모에 있어서 누가 봐도 당당하였고 그의 입에서 쏟아져 나온 말도 간단 명료했지만 힘이 있었고 꿈이 있었습니다.

역사의 가정을 자신 있게 말할 수는 없습니다. 하지만 그런 사나이가 한 나라의 국가적 위기에 지도자로 등장하지 않앉으면 괴뢰 정권이던 비슈Vichy 정부가 더 오래 프랑스를 지배하는 비극을 면치 못하였을 것입니다. 난세가 인물을 배출한다는 말이 있긴 합니다. 그의 등장이 용기 있는 지도자의 참모습을 우리에게 보여 주었습니다.

한국과는 매우 거리가 먼 곳에서 그가 살았지만 자유를 동경하는 많은 한국인이 그를 흠모하고 그에게 압도되었던 사실은 부인할 수 없습니다.

만일 영국 역사에 윈스턴 처칠Winston Churchill, 1874~1965이 없었다면 제2차 세계대전에서 영국은 히틀러의 독일을 이기지 못하였을 것이고 유럽은 몽땅 나치의 학정에 한동안 시달릴 수밖에 없었을 것입니다.

처칠의 고등학교 성적은 보잘것 없었지만 그는 가문의 배경 덕분에 해군사관학교에 들어갈 수 있었습니다. 그는 젊어서는 여러 번 전투에도 참가했습니다. 그렇지만 정계에 투신하여 체임벌린Chamberlain 수상이 히틀러를 달래려고 찾아갔다가 허무한 평화의 약속만 받았을 뿐 히틀러의 배신으로 제2차 세계대전이 터졌을 때 체임벌린의 뒤를 이어 영국 수상이 되었습니다.

그는 매우 강한 의지의 사나이였습니다. 무슨 일이 있어도 히틀러를 타도해야 된다고 주장하여 국민에게 용기와 희망을 주었습니다. 사실상 그의 놀라운 투지 덕분에 연합군은 제2차 세계대전에 승리할 수 있었습니다. 그는 여세를 몰아 스탈린의 소련도 굴복시키는 것이 옳다고 믿었지만 '철의 장막'을 무너뜨리지는 못했습니다. 그러나 그는 자유민주주의적 입장에서 스탈린의 공산 독재를 용납할 수 없다고 분명히 선언하였습니다.

그의 무덤이 있는 브레넘 궁전 근처의 가족 묘지를 찾아간 적이 있습니다. 그의 묘비에는 그의 이름과 '1874~1965'라고만 적혀 있었습니다.

영웅은 난세에 난다는 말이 있습니다. 미국의 제16대 대통령 에이브러햄 링컨은 미국이 불가피하게 겪어야 했던 남북전쟁 때문에 미국 역사의 거인이 되었을 뿐 아니라 인류 역사의 거인이 되었다고 해도 지나친 말은 아닙니다.

그러나 링컨이 변호사가 되고, 정계에 뛰어들고, 마침내 미국의 대통령이 되어 남북전쟁을 겪는 일이 없었다고 하여도, 그리고 그가 어떤 직업에 종사했다 하더라도 그는 틀림없이 많은 사람에게 존경받는 인물이 되었을 것입니다.

켄터키 산골의 통나무집에서 태어나 백악관의 주인이 된다는 것이 결코 쉬운 일은 아닐 겁니다. 그러나 그가 만일 초등학교 교사가 되거나 큰 건물의 문지기 노릇을 했어도 그는 많은 사람의 존경을 받았을 것입니다.

어려서부터 별명이 '정직한 에브Honest Abe'로 통한 그는 거짓말을 안 하는 인물로 소문이 자자했고 남들을 배려하는 친절한 사람으로서도 알려져 있습니다. 정신의 힘뿐 아니라 육체의 힘도 뛰어나게 강하여, 레슬링을 해서 그를 이길 수 있는 사람은 그 동네에 한 사람도 없었습니다.

그런 사람이 형이나 오빠나 동생이라면 얼마나 좋겠습니까. 아마도 그가 아니었다면 남북전쟁에서 북군이 승리하여 미합중국을 다시 하나로 만들지 못하였을 겁니다.

석가모니568~488BC가 저 문으로 들어오신다면 나는 앉아 있다가도 벌떡 일어날 것입니다. 그리고 그가 좌정하기까지 고개를 숙이고 서서 기다릴 것입니다. 왜? 그가 세상에 오지 않았으면 한국에는 원효와 의상이 나타나지 못했을 것이기 때문입니다.

석가모니는 인도 북부 히말라야 산기슭의 작은 왕국의 부유한 집안에 태어나 풍족한 삶을 누리고 있었습니다. 장가가서 아내도 있고 아들도 있었습니다. 그런데 그는 삶의 본질이 무엇인지 알고 싶었습니다.

그는 주변에 가난과 굶주림이 있다는 걸 알았습니다. 그뿐입니까? 질병과 늙음, 고통과 죽음이 가까이 있는 것을 알고 이 인생고의 현실을 극복하는 길을 찾아 집을 떠났습니다. 처자를 버리고 입산수도하게 된 것입니다. 난행難行과 고행苦行의 나날이었습니다.

금욕은 진리를 파악하고 득도得道하기 위한 방편이었을 뿐 궁극적 목표는 아니었습니다. 그는 금욕주의의 한계를 발견했고 그 깨달음이 그에게 자유를 주었습니다. 먹고 마시지 않고는 중생에게 자비를 베풀 수 없다는 사실을 알고 인간의 평상으로 돌아왔지만 보리수나무 그늘에서 제자들을 가르치는 그의 모습은 성자의 모습이었습니다.

불교가 그 본거지에서 밀려났지만 전 세계에 불자는 4억 명 가까이 됩니다. 그들은 오늘도 사원에서, 포교소에서, 시설에서, 가정에서 석가의 자비를 추억하며 기쁘게 살고 있습니다.

청춘이여, 주저하지 말라

2020년 9월 10일 초판1쇄 발행
2020년 12월 25일 초판2쇄 발행
2022년 10월 12일 초판3쇄 발행

지은이 : 김동길
펴낸이 : 신동설
펴낸곳 : 청미디어

신고번호 : 제2020-000017호
신고연월일 : 2001년 8월 1일

도서출판 청미디어
주소 : 경기 하남시 조정대로 150, 508호 (덕풍동, 아이테코)
전화 : (031)792-6404, 6605 팩스 : (031)790-0775
E-mail : sds1557@hanmail.net

Editor 고명석
Designer 정인숙

ISBN : 979-11-87861-36-2 (03800)

정가 : 14,000원